Sin embargo, ...illosa y por la mañana ... ...pudo que se fuera a Londres con él.

—Intentaré ir contigo —dijo Bella.

—Solo tenemos esta oportunidad —le advirtió él—. Si te quedas, nadie debe saber que te ofrecí que fueras conmigo. Si supieran que yo... —Matteo vaciló— si Malvolio descubre que me importas, tendrás serios problemas.

—Haré lo que pueda, de verdad.

Bella lo miraba mientras se hacía el nudo de la corbata frente al espejo. Matteo siempre vestía bien, mejor que el resto. Sus trajes de chaqueta eran de Milán y los zapatos hechos a mano. Y la noche anterior había descubierto por qué siempre vestía de modo tan elegante.

Las cosas que le había contado por la noche podrían hacer que los dos perdiesen la vida.

Matteo se puso la chaqueta del traje, de un tono gris oscuro, casi negro, y la camisa de algodón, que no estaba arrugada porque la había colgado en el respaldo de una silla durante un burlón strip tease.

—Me encanta la tela —Bella pasó los dedos por la solapa y metió la mano para acariciar el forro de seda. Era una buena modista y tenía buen ojo para el diseño, aunque no podía practicar demasiado en el pueblo—. Yo podría hacer algo así.

—Traigo al mejor sastre de Milán una vez al año y... —Matteo no terminó la frase porque Bella había deslizado los dedos para tocar las diminutas pinzas bajo la cinturilla del pantalón y el roce de sus dedos lo dejaba sin aliento–. Seguramente podrías hacerlo, es verdad.

–Vuelve a la cama.

–No hay tiempo.

Lo miró mientras se atusaba el pelo negro. Pronto estarían tras unas caras gafas de sol, pero ella había visto la belleza de esos ojos grises mientras le hacía el amor.

Los trajes, el corte de pelo, la barba de diseño... la imagen que Matteo había creado para sobrevivir.

Le había pedido que se fuera a Londres con él y su amigo Luka y estaba segura de que Luka también se lo habría pedido a Sophie.

Pero su amiga le había dicho que había roto con él y que pensaba irse a Roma esa noche. Sophie le había suplicado que fuese con ella, pero Bella no podía dejar a su madre.

Aunque solo tenía treinta y cuatro años, María era una mujer frágil y estaba enferma, aunque intentaba disimular. Pero Matteo le había dicho que podría llevar a su madre, que él cuidaría de las dos.

–El avión sale a las nueve –Matteo se sentó en la cama y colocó un mechón de pelo detrás de su oreja–. Te espero en el aeropuerto –murmuró, mirando los ojos verdes. Eran claros y brillantes, pero si se quedaba en Bordo del Cielo pronto se nublarían para siempre.

–Si no vienes, Malvolio te hará trabajar en el bar esta noche y yo no estaré ahí para...

«Salvarte».

Bianca

UNA NOVIA SICILIANA

CAROL MARINELLI

Editado por Harlequin Ibérica.
Una división de HarperCollins Ibérica, S.A.
Núñez de Balboa, 56
28001 Madrid

I.S.B.N.: 978-84-687-7879-2
Depósito legal: M-8901-2016
Impresión en CPI (Barcelona)
Fecha impresion para Argentina: 28.11.16
Distribuidor exclusivo para España: LOGISTA
Distribuidores para México: CODIPLYRSA y Despacho Flores
Distribuidores para Argentina: Interior, DGP, S.A. Alvarado 2118.
Cap. Fed./Buenos Aires y Gran Buenos Aires, VACCARO HNOS.

Prólogo

IRÁS conmigo? –preguntó Matteo–. ¿Te reunirás con Luka y conmigo en el aeropuerto?

No podía mirar a Bella a los ojos, y no solo porque tuviera una marca en la mejilla que él había provocado con su mano, sino porque la noche anterior lo había dejado sintiéndose inseguro y emotivo, algo a lo que no estaba acostumbrado.

Y, sin embargo, no tenía remordimientos.

Bella levantó la cabeza para mirar al hombre que le había robado el corazón a los dieciséis años.

El primer día como camarera en el hotel Brezza Oceana había empezado sintiéndose incómoda y echando de menos a sus compañeras del colegio, pero por suerte su mejor amiga, Sophie, también había empezado a trabajar ese día en el hotel.

Estaban barriendo un pasillo cuando vieron acercarse a varios hombres de Malvolio, incluyendo a Matteo Santini y su hermanastro, Dino.

Se apartaron para dejarlos pasar, pero mientras lo hacían Bella se preparó para lo que iba a pasar.

A Sophie no le dirían nada. Era la prometida de Luka, el hijo de Malvolio, desde siempre y pronto celebrarían el compromiso.

Los comentarios lascivos iban dirigidos a ella porque era la hija de María Gatti y todos sabían cuál había sido la profesión de su madre.

Bella estaba más que acostumbrada.

–Parad ya –Matteo se dirigía al grupo, incluido su hermanastro, con tono de reproche–. Dejadla en paz.

Cuando Dino protestó, Matteo lo empujó contra la pared y, mientras lo sujetaba, se volvió hacia Bella.

–Vete, vete.

Era la primera vez que se dirigía a ella, pero le había robado el corazón mucho antes. Si su madre tenía dinero para Malvolio, era a Matteo a quien llamaba para que fuese a buscarlo.

–Al menos él solo se lleva el dinero –decía su madre.

Sí, en esos años se había ido llevando pedazos de su corazón hasta que, por fin, se lo había llevado todo.

La noche anterior Matteo la había convertido en su amante y había sido el primer hombre para ella.

La noche había empezado en las más crueles circunstancias; circunstancias forzadas para los dos.

El pueblo costero en el salvaje oeste de Sicilia era controlado por Malvolio Cavaliere, el propietario del hotel y la mayoría de los negocios y las casas del pueblo, a quien temía todo el mundo. A pesar del aspecto idílico de Bordo del Cielo había delitos y corrupción por todas partes y era peligroso no obedecer las órdenes del jefe.

No lo dijo en voz alta, pero la palabra quedó colgada en el aire.

–Si te quedas –siguió Matteo– tendrás que trabajar y yo no quiero salir con una fulana. No quiero que haya ningún otro hombre.

–Doble vara de medir –señaló Bella, sabiendo cómo habían llegado a ese momento.

–Quiero empezar de nuevo. Estoy harto de esta vida. Malvolio quiere usarme para vengarse de todos los que hablaron en su contra durante el juicio...

Bella sintió un escalofrío.

Malvolio, Luka y el padre de Sophie, Paulo, habían estado en prisión durante los últimos seis meses a la espera de juicio y se habían dicho muchas cosas contra Malvolio. La gente creía que había suficientes pruebas para meterlo en la cárcel de por vida, pero estaba en la calle y dispuesto a vengarse.

–Tengo que irme porque no estoy dispuesto a hacer lo que quiere –insistió Matteo–. Mata una vez y para siempre serás un asesino. Yo no quiero ser eso, Bella, quiero un trabajo honrado y ser alguien en la vida. No quiero verme arrastrado por mi pasado... ni por el tuyo.

Duras palabras tal vez, pero eran las más sinceras. Estaba ofreciéndole una salida y tenía que dejar claro que era su única oportunidad.

–Una vez una fulana y siempre serás...

–Lo entiendo –lo interrumpió ella.

–Y no tengo una doble vara de medir. Yo nunca he pagado por acostarme con una mujer. Lo de anoche no tenía nada que ver con el dinero –siguió Matteo mientras vaciaba su cartera. Sacó todos los billetes que tenía, y esa mañana eran muchos, y los dejó sobre la mesilla–. Este dinero es para que escapes de aquí, no por lo de anoche. Si tu madre se niega a acompañarnos, puedes dárselo para que pueda vivir durante unos meses.

Bella solo tenía dieciocho años, pero Matteo había sido su amor desde siempre. Y estaba sentado a su lado en la cama en la que habían hecho el amor, ofreciéndole una nueva vida...

¿Era absurdo soñar con un futuro a su lado? ¿Era tonto pensar que lo que habían encontrado en esa habitación pudiera extenderse al resto de sus vidas?

No se lo parecía. Cuando el reloj daba la seis, mientras abrazaba su cuerpo desnudo, el futuro le parecía maravillosamente claro.

–Yo cuidaré de ti –susurró Matteo. Y sus besos prometían que lo haría.

Perdida en el sabor de sus labios, la lana del traje y el aroma de su colonia la envolvían.

Era un beso lento que confirmaba lo que ambos sentían y si el tiempo no estuviera en su contra Matteo se habría quitado la ropa para reunirse con ella en la cama que había sido su refugio la noche anterior.

La apretó contra su torso, subyugada, relajada y suave y sonrió cuando dejó de besarla.

–No se te ocurra quedarte dormida cuando me vaya.

–No lo haré –Bella sonrió–. Pero no te vayas aún. Tenemos tiempo.

Estaba nerviosa por su partida, temiendo que cambiase de opinión en cuanto saliera de la habitación.

—Tengo que irme.

—¿Qué dirá Luka? Imagino que intentará convencerte para que no me lleves contigo.

—No le diré nada hasta que estés a mi lado. Es mi decisión y si dice que no, peor para él. Nos olvidaremos de Londres e iremos a Roma. Me voy de aquí para no tener que obedecer a nadie... —Matteo la miraba a los ojos—. Si tu madre no quiere venir, entonces al menos le habrás dado esa posibilidad.

Sellaron el acuerdo con los labios y Matteo la empujó contra la almohada. Bella enredó los dedos en su pelo mojado, intentando acostumbrarse a la deliciosa posesión de su lengua.

Matteo no se cansaba de aquella noche tan hermosa y se tragó sus suspiros mientras metía la mano bajo las sábanas, entre sus piernas.

—Te debo una por esta mañana —susurró, porque Bella había hecho magia con su boca.

Luego volvió a besarla apasionadamente mientras deslizaba dos dedos en su interior. Estaba caliente, hinchada de la noche anterior, y sus dedos no eran un bálsamo sino todo lo contrario, provocando una deliciosa excitación. Y ella sabía cómo terminaría; sabía que la presión dentro de ella haría que cayese a ese delicioso vacío en cualquier momento.

A Matteo le encantaban sus gemidos y cómo apretaba su mano, no para detenerlo sino para sentirlo, para rozarlo mientras él le daba placer.

–Te deseo otra vez –susurró Bella mientras él acariciaba su húmedo sexo con una mano y con la otra abría sus piernas para tener mejor acceso.

–No hay tiempo –Matteo intentó encontrar aliento. Su intención había sido dejarla hambrienta de él para que lo siguiera. Y también porque quería conservar su aroma en los dedos.

No había pretendido llegar hasta el final y cuando Bella buscó la cremallera de su pantalón la detuvo introduciendo otro dedo para ensanchar su íntima carne y asegurarse de que el placer fuese todo para ella.

Bella cerró los muslos, atrapando su mano, y él capturó sus labios abiertos para chupar su lengua. Sentía sus espasmos, pero siguió acariciándola hasta que notó que apretaba sus dedos con fuerza, jadeando. La sensación estuvo a punto de hacerle perder la cabeza al recordar cómo por la noche apretaba otra parte de su cuerpo.

Se apartó, haciendo un esfuerzo, y cuando ella abrió los ojos, con esa sonrisa perezosa en los labios...

Lo tenía enganchado.

Aunque acabase de hacerla suya, de algún modo esa sonrisa lo enganchaba y durante un segundo, porque era desconfiado por naturaleza, se preguntó si estaría jugando con él.

No confiaba en nadie, así había sido siempre. Ni siquiera confiaba del todo en Luka, su mejor amigo, de modo que le advirtió:

–No me defraudes, Bella.

–No lo haré.

–¿Entonces nos vemos en el aeropuerto?

Ella vaciló durante una décima de segundo antes de asentir con la cabeza.

–No habrá una segunda oportunidad. O vienes conmigo o...

Quería decir que si no lo hacía se olvidaría de ella, pero Bella lo conocía mejor de lo que imaginaba.

Malvolio quería convertirlo en su mano derecha, en su matón principal, pero ella sabía que bajo ese duro exterior había un corazón generoso. Daba igual lo que los demás pensaran de él.

Habían hecho el amor durante toda la noche, pero cuando salió de la habitación estaba más excitado que cuando entró.

Bella se quedó en la cama. Cuánto le habría gustado quedarse un rato descansando, dormir en las sábanas que aún olían a él, despertar más tarde y recordar en detalle la felicidad de esa noche...

Pronto haría eso, se dijo a sí misma. Por el momento debía olvidar, dejar los recuerdos guardados en su corazón y guardar la llave para examinarlos más tarde.

No había tiempo, de modo que se duchó a toda prisa y se puso el vestido negro que olía al perfume barato que Matteo tanto odiaba. Las medias y el liguero estaban guardados en el bolso.

Sabiendo lo que debía parecer, hizo lo que se esperaba de ella: después de sacar del mini-bar todas las botellitas de licor tomó el dinero que Matteo había dejado sobre la mesilla y guardó un par de billetes en el bolso, algunos más en el sujetador y el resto...

Bella quitó las tapas de las sandalias, dobló cuidadosamente los billetes y los guardó en los tacones huecos, un truco de su madre.

Miró alrededor una última vez antes de cerrar la puerta de la habitación en la que había tenido tanto miedo de entrar. Tenía lágrimas en los ojos, pero sonrió al ver las sillas que habían apartado para bailar...

Su primera noche de «trabajo» había sido un placer en lugar del infierno que había anticipado.

Tomó el ascensor para bajar al vestíbulo y apretó los labios cuando pasó frente al bar, que aún olía al alcohol rancio de la fiesta en la que todo el pueblo había celebrado la puesta en libertad de Malvolio.

—¿Qué tal ha ido todo? —le preguntó Gina—. Espero que te haya pagado bien ya que ha estado contigo toda la noche.

—Creí que esta noche corría a cuenta de Malvolio —replicó Bella. Pero cuando iba a alejarse, Gina la tomó del brazo.

—¿Estás diciendo que Matteo no te ha dado una propina?

—Pensé que podíamos quedarnos las propinas.

—La mitad es para Malvolio, el resto las repartimos entre nosotras —Gina chascó los dedos y Bella le dio el dinero que había guardado en el bolso.

—¿Y?

Bella sacó las botellitas de licor. De nuevo iba a

darse la vuelta, pero Gina la empujó contra la pared.

–No juegues conmigo –le advirtió mientras registraba su vestido, localizando enseguida los billetes que había guardado en el sujetador–. No vuelvas a intentar engañarme, Gatti. Conozco trucos que a ti aún no se te han ocurrido.

Cómo odiaba Bella el mundo en el que había estado a punto de entrar.

–Toma –como si no hubiera pasado nada, Gina le ofreció un par de billetes–. Nos vemos esta noche.

Bella quería correr, pero se obligó a caminar como si tuviera todo el tiempo del mundo.

Una vez fuera del hotel, tomó el camino que llevaba al muelle, donde algunos pescadores la recibieron con silbidos de admiración a los que no hizo caso.

Pasó por una zona boscosa frente al camino que llevaba a su playa pequeña. Le habría encantado ir una vez más, recorrer el camino secreto que solo conocían los vecinos del pueblo y disfrutar de la vista que tanto amaba antes de irse de Bordo del Cielo para siempre. Pero no había tiempo y, además, Sophie no estaría allí para hablar con ella.

Su mejor amiga se había ido la noche anterior y Malvolio había vuelto al pueblo; ya nada podría ser lo mismo. Bella sabía que no debía llamar la atención. Nadie debía adivinar que su madre y ella se irían del pueblo esa misma mañana.

Se dirigió hacia su casa por una calle estrecha, donde se encontró con un grupo de turistas borrachos. Su reacción fue más o menos la misma que la de los hombres del pueblo, pero Bella no se ruborizó.

Su madre, María, siempre había caminado con la cabeza bien alta y esa mañana ella hizo lo mismo.

Subió por la colina y aunque se le torció el tobillo más de una vez por culpa de los tacones sonrió para sí misma al pensar en el dinero que había guardado allí.

Sí, Gina podía conocer muchos trucos, pero su madre le había enseñado muchos más. Soltó una carcajada al recordar a María vaciando sus zapatos en más de una ocasión.

A su madre se le había roto el corazón esa noche, mientras se vestía para ir a trabajar, y Bella imaginó su alegría cuando le dijese que Matteo se había ofrecido a cuidar de ella lejos de Bordo del Cielo.

Se iban aquel mismo día.

La felicidad hacía que le diese vueltas la cabeza mientras entraba en casa, pero entonces, en un segundo, todo cambió.

Como si hubiera bajado de un carrusel en marcha, todo se detuvo de golpe y tuvo que contener un grito al ver la mesita del pasillo volcada, el jarrón roto en el suelo, las flores del jardín tiradas por todas partes. Y allí, en el centro, estaba María.

—¡Mamá!

Bella se arrodilló al lado de su madre y comprobó que tenía una herida abierta en la cabeza. Por un momento, pensó que era cosa de Malvolio y se preguntó si se habría enterado de que pensaban marcharse... pero no, era imposible.

–Me he caído –murmuró su madre.

–¿Habías bebido? –le preguntó, aunque le había prometido no volver a hacerlo.

–No...

Al ver que tenía paralizado un lado de la cara, Bella se dio cuenta de que su preciosa y joven madre había sufrido un infarto.

–Voy a llamar al médico.

Mientras esperaban, colocó una manta bajo su cabeza para que estuviera lo más cómoda posible. Eran las nueve y cinco cuando la ambulancia se alejó de la casa, tomando la carretera que iba en dirección opuesta al aeropuerto.

Bella sabía que ya no podría escapar de allí y apretó la mano de su madre mientras intentaba contener las lágrimas. Había perdido su última oportunidad y pensó en Matteo en el aeropuerto, esperándolas.

Y así era.

Matteo estaba con Luka en la pequeña terminal, mirando alrededor, esperando que las puertas se abrieran y Bella apareciese.

–Deberíamos irnos –dijo Luka.

–No, espera un momento.

–Pero tenemos que embarcar.

–Solo tengo que hacer una llamada... –Matteo tenía el número de María porque solía llamarla cuando Malvolio lo enviaba a recaudar dinero. No respondía, de modo que debían estar en camino, pensó, esperanzado.

—El último aviso —insistió Luka.

Una azafata les avisó de que debían embarcar inmediatamente.

—¿Te pone nervioso viajar en avión? —le preguntó Luka al ver su tensa expresión.

—No —respondió Matteo mientras el avión empezaba a despegar.

No estaba nervioso por viajar en avión o por irse de Bordo del Cielo.

Era quedarse y convertirse en lo que hasta ese momento había podido evitar: un asesino. O dejarlo todo atrás.

Y había elegido esto último.

Capítulo 1

Cinco años después

Bella Gatti.

Matteo no quería escuchar ese nombre y, sin embargo, esa noche había aparecido a menudo en la conversación.

No quería recordar un amor que lo había puesto en ridículo, de modo que soportó la fiesta de compromiso de su amigo, en el lujoso ático de Luka en Roma, evitando en lo posible las referencias a un pasado complicado.

Había ido a Roma con Shandy, con la que llevaba tres meses saliendo, un récord para él, pero sabiendo que el compromiso de Luka y Sophie era una extravagante farsa, solo quería que la noche terminase de una vez.

Sophie Durante había ido a la oficina de Luka en Londres unos días antes para exigirle que cumpliese con su compromiso durante el tiempo que su padre viviera tras salir de prisión.

Si le hubiera pedido consejo, no estarían sentados allí en ese momento.

Paulo hablaba sobre Sicilia, o más bien del pueblo y de la gente de Bordo del Cielo. Matteo, haciendo lo posible por no recordar, intentaba guiar la conversación hacia su auténtica pasión: el trabajo.

No, su pasión no era Shandy, la mujer que estaba sentada a su lado, aunque a ella le gustaría que así fuera.

Su reputación profesional era su más preciada posesión. Había trabajado sin descanso partiendo de cero y se había hecho un nombre en el mundo de los negocios. Y nada ni nadie lo llevaría de vuelta al pasado.

—¿Cuándo te vas a Dubái? —le preguntó Luka.

—El domingo —respondió Matteo—. A menos que tú necesites el avión.

Luka entendió la ironía. Matteo estaba convencido de que Sophie quería algo más que un anillo de compromiso. No había creído su triste historia ni por un momento.

Matteo no creía en nadie.

—¿El domingo? —repitió Shandy—. Pero pensé que aún no tenías una fecha exacta.

—Acabo de enterarme.

Shandy creía que iba a llevarla a Dubái y también que estaba a punto de pedirle en matrimonio. Sin duda, pensaba que aquel repentino viaje a Roma tenía un significado más profundo, pero no era así.

—¿Dónde te alojas? —le preguntó Paulo.

—En el hotel Fiscella.

—Es muy romántico —comentó Shandy.

—Luka y yo estamos pensando comprarlo —le explicó Matteo—. Es un buen hotel, pero necesita reformas y quiero comprobar un par de cosas personalmente antes de comprarlo.

–¿No trabaja allí Bella? –Paulo se volvió hacia su hija y Matteo tomó un largo trago.

Bella.

A Matteo se le hizo un nudo en la garganta, tanto que tuvo que hacer un esfuerzo para relajarse y poder tragar el *limoncello*.

Odiaba el sabor, le recordaba demasiado a Bordo del Cielo, el sitio que llevaba cinco años intentando olvidar.

No quería pensar en el pasado y, desde luego, no quería pensar en lo que haría Bella Gatti.

Aunque ya se lo habían dicho.

Un par de meses después de irse del pueblo, su hermanastro, Dino, le había dicho que Bella trabajaba en el bar del hotel y, sabiendo lo que eso significaba, Matteo intentó disimular su angustia. Porque si Dino veía que le importaba, Bella sería castigada por su abrupta partida, solo para que él lo supiera.

–Así es –respondió Sophie.

Y, a pesar de sus intenciones, Matteo se sintió obligado a preguntar:

–¿Haciendo qué?

–Es camarera –respondió Paulo por su hija–. ¿No es así, Sophie?

–Bueno, supongo que así tiene acceso a los clientes ricos –dijo Matteo, sarcástico, mientras tomaba la mano de Shandy para bailar.

En realidad no quería bailar, solo cortar la conversación.

Roma brillaba frente a ellos. Podía sentir el pulso de las calles y, de repente, quería escapar de su propia piel. Quería explorar la antigua y bella ciudad, admirar los antiguos edificios y las ruinas romanas, beber vino barato y no tener treinta años, pero quería hacer todo eso con Bella.

Estaba bailando con la mujer equivocada esa noche.

Y cada noche desde... Matteo interrumpió sus pensamientos porque no quería recordar ese momento.

Pero ya no podía escapar de la verdad. Durante cinco largos años antes de Shandy, cada noche había bailado con la mujer equivocada y aunque su integridad profesional nunca había sido cuestionada, su reputación con las mujeres lo precedía.

No, no podía escapar de esos recuerdos.

Recordaba la voz profunda, ligeramente ronca de Bella mientras le hablaba de su sitio favorito en el mundo, una joya que él nunca se había molestado en explorar, los antiguos baños que habían construido los árabes. Le había dicho que iba allí a veces y soñaba que había vivido en esa época, que imaginaba las aguas cristalinas y el libertinaje que habrían tenido lugar allí muchos siglos atrás.

Bella había jugado con su cabeza entonces y de alguna forma seguía haciéndolo.

–Me encanta el vestido de Sophie...

Matteo parpadeó cuando la voz de Shandy interrumpió sus pensamientos.

–Yo quiero algo parecido. Le he preguntado a

Sophie quién se lo ha hecho y me ha dicho que es
Gatti, una nueva diseñadora, así que mañana voy a
su estudio...

–¿Estudio?

Matteo apretó los dientes. Más bien un burdel.

–Vámonos.

–Pero es demasiado temprano –protestó Shandy–.
No me habías dicho que Luka estaba comprometido
con la hija de un delincuente tan conocido. Es emocionante... muy excitante –le dijo bajando la voz.

–Porque tú no lo has vivido.

Matteo decidió no contarle que Paulo solo había
sido la marioneta de Malvolio y quien había pagado
por él con la cárcel.

Y la razón por la que estaban allí esa noche era
que Malvolio era el padre de Luka y su amigo sentía que estaba en deuda con Sophie.

–Gracias por todo –dijo Luka mientras lo acompañaba a la puerta, aprovechando que Shandy había
ido un momento al lavabo.

Ninguno de los dos quería recordar el pasado.
Habían conseguido abrirse camino en Londres y
resultaba extraño estar de vuelta en Italia. Roma
estaba demasiado cerca de Bordo del Cielo.

–¿Me dirás cuándo es la boda? –le preguntó, sarcástico.

–No habrá boda –respondió Luka–. Solo he
aceptado fingir que estamos comprometidos, ya lo
sabes. Habrás visto lo enfermo que está Paulo, así
que es cuestión de días hasta que pueda volver a mi
vida normal.

–¿Por qué lo haces? No le debes nada.

–Se lo debo a Paulo.

–No le debes nada a ese viejo tonto –insistió Matteo; las venenosas palabras iban en realidad dirigidas a sí mismo porque había estado a punto de ser el segundo matón de Malvolio–. Sophie es como Bella, no se puede esperar nada bueno de ninguna de las dos. Te digo que miente. No le va bien y ese vestido que lleva...

–Eso me da igual –lo interrumpió Luka–. Yo no soy como tú, que siempre has sido un desconfiado.

–Pero guapo –intervino Shandy.

Matteo se puso la chaqueta mirándose al espejo y Luka soltó una carcajada.

–Estás muy bien –dijo, sarcástico–. No te mires más.

–Me gusta que vistas bien –comentó Shandy cuando salieron a la calle.

Y esas palabras lo irritaron. Sí, siempre llevaba trajes caros, el pelo bien arreglado, una barbita recortada que era puro diseño.

Y el porqué solo lo conocía Bella Gatti.

El conductor les abrió la puerta del coche, pero Matteo negó con la cabeza.

–Me apetece dar un paseo.

–¿Pasear, con estos tacones? –protestó Shandy.

–No, me gustaría ir solo. Hacía mucho tiempo que no volvía a Italia.

–Matteo, vamos a la cama...

–Iré más tarde.

Sin disculpas, sin excusas, se alejó calle abajo.

Compró una botella de vino y, aunque las uvas no eran de Bordo del Cielo, al menos eran sicilianas. Alquiló una Vespa y subió hasta la Colina Capitolina para admirar la ciudad iluminada. Era una ciudad antigua y hermosa, pero Bella no estaba a su lado.

Empezó a recordar su pelo negro, sus ojos verdes y esa sonrisa tan inesperadamente dulce...

Sophie era todo fuego mientras Bella era como un camaleón, la actriz, la superviviente que una vez había enamorado a su negro corazón.

Pero ya no, pensó, tomando un trago directamente de la botella. Pero el vino barato tampoco lo ayudaba.

Bella estaba allí, en Roma. ¿Estaría durmiendo o pasando la noche en vela al saber que estaba cerca, ardiendo como él ardía por ella?

¿Qué más daba? pensó entonces, tirando la botella a una papelera antes de volver al hotel.

Ya no podía ser.

–¿Dónde has estado? –preguntó Shandy cuando entró en la lujosa suite.

–Paseando. Duérmete...

–He pedido champán. Pensé que me habías traído aquí para...

Matteo sabía lo que pensaba y también que debía sacarla de su error. El jeque con el que iba a reunirse en Dubái le había dicho que sus socios querían que el salvaje Matteo Santini sentase la cabeza. Y, aunque le había dicho a Shandy desde el principio que no había futuro para su relación, llevaba más tiempo saliendo con ella que con las demás.

Sabía que era hora de madurar y sentar la cabeza. Y lo haría, pensó mientras se desnudaba. Pero aún no.

Miró la suite con vago interés, ya que el hotel Fiscella era una posible adquisición que Luka y él estaban tomando en cuenta. La suite tenía un aspecto inmaculado y el servicio de habitaciones había hecho su trabajo. Las cortinas estaban cerradas, había flores sobre la mesilla, chocolatinas sobre las almohadas y un agradable aroma en el aire.

Una nota sobre la mesilla decía que el tiempo del día siguiente sería tormentoso y que si necesitaban algo no dudasen en llamar a recepción.

La nota estaba firmada por...

Bella.

¿Era su aroma el que flotaba en la habitación? No podía ser ella, pensó. Aunque sabía que era camarera en el hotel, Bella era un nombre muy común.

¿Eran sus manos las que habían ahuecado las almohadas?, se preguntó mientras se metía en la cama.

–¿Cuándo? –preguntó Shandy–. Quiero un compromiso, Matteo.

Él se volvió para mirarla.

–Me temo que estás con el hombre equivocado.

Si lo hubiese abofeteado, si se hubiera levantado de la cama para irse la habría admirado. Pero se quedó allí, agarrándose con uñas y dientes a la imagen de ellos que los paparazzi habían creado, al hombre que había esperado que fuese algún día.

Matteo Santini, el chico malo que había triunfado en la vida.

No, aún no había triunfado del todo.

Había hecho bien al no pedirle a Shandy que fuera su esposa porque si tuviera su número de teléfono, si supiera dónde vivía Bella, habría ido a buscarla. Habría ido a buscar a la mujer que, estaba seguro, se había ganado la vida vendiéndose por dinero.

Antes de apagar la lamparita volvió a mirar la nota, añorando a Bella como no había añorado a nadie.

Se quedó dormido intentando no pensar en ella, pero entonces empezaron los sueños.

En muchas ocasiones durante esos años Bella había intentado aparecer en sus sueños, pero su subconsciente estaba en guardia permanente. Incluso en sueños hacía lo imposible para alejar cualquier imagen de ella.

Pero incluso los guardias tenían que dormir alguna vez y en alguna ocasión Bella se había colado en su mente durante toda la noche.

Algunos de sus sueños eran locas fantasías, bailes de máscaras donde hacían el amor, mientras otros consistían en situaciones donde él miraba a distancia mientras Bella se alejaba sin que él pudiese hacer nada. Y luego estaban los recuerdos de esa noche... esos eran los sueños que prefería.

Esa noche tuvo los tres. Tal vez porque su nombre había sido mencionado durante la cena. ¿O era saber que trabajaba en Roma, en el hotel en el que estaba durmiendo?

Fuera cual fuera la razón por la que habían empezado los sueños, esa noche eran diferentes.

El circo había llegado a Bordo del Cielo. Era un

sueño extraño, nuevo. En el circo no había payasos y los animales eran las bestias entre las que había crecido.

Estaba su hermanastro, Dino, que había revelado sus planes a Malvolio la primera vez que intentó escapar. Y también estaba su cruel padrastro, que odiaba que su madre prestase atención a alguien que no fuera él.

Matteo miró alrededor y allí estaba Luka con su uniforme de la cárcel. Y Sophie, llevando la camisa de Luka, como la noche que los detuvieron. Luka y Sophie estaban en la cama cuando apareció la policía y la habían sacado de la casa solo con la camisa, delante de todo el pueblo.

También estaba Talia, una mujer a la que Matteo había ayudado una vez. Lo saludó, pero él no le devolvió el saludo. Nadie debía saber quién había salvado a su familia.

No le importaba nadie, nadie lo conmovía, pero no porque careciese de corazón; sencillamente había aprendido a que no le importase.

¿Entonces por qué miraba alrededor, buscando un rostro y solo uno, el de Bella?

Y allí estaba, caminando sobre el alambre mientras todo el pueblo aplaudía, con su brillante pelo negro cayendo por la espalda. Llevaba un diminuto vestido plateado que no la tapaba del todo, dejando al descubierto sus pequeños y altos pechos cubiertos de aceite, brillantes.

Parecía aterrorizada, pero intentaba sonreír mientras Malvolio, el jefe de pista, la empujaba a seguir. Y entonces, para alborozo de todos, levantó una pierna, dejando al descubierto su desnudez mientras Malvolio la obligaba a hacer piruetas para el público.

No había red.

Y no tenía alternativa.

Veía cómo se movía con gracia sobre el alambre, apartándose para evitar el trapecio y a la gente que iba en él, intentando tocarla. Hacían turnos para subir al trapecio y Bella no tenía más remedio que seguir actuando.

Entonces vio a Dino subiendo por la escalerilla.

–¡Salta! –gritó Matteo, pero su voz quedó ahogada por los gritos del público.

El sueño era interminable, angustioso. Estaba acostumbrado a las pesadillas, pero aquella era peor que las demás.

–¡Salta, Bella! –la apremió, pero ella no parecía oírlo.

Su frente brillaba de sudor, el diminuto vestido estaba rasgado y le sangraban los pies sobre el alambre. Estaba agotada, pero Malvolio seguía presionándola para que siguiera.

Cuando estaba a punto de amanecer, poco antes de que sonase el despertador, por fin Bella lo oyó y miró hacia abajo, donde él la esperaba con los brazos abiertos.

–*Ti prenderó quando cadi!*–le gritó.

«Yo te sujetaré cuando caigas».

Bella vaciló durante un segundo al verlo entre la gente, pero cuando corrió para colocarse justo debajo de ella esbozó una sonrisa de reconocimiento mientras se dejaba caer...

Su cuerpo era cálido y familiar; por fin estaba de vuelta en sus brazos. Aunque jadeando, le quedaba aliento suficiente para besarlo y mientras sus bocas se encontraban rodaron por la arena de la pista, y cayeron sin dejar de besarse en una cama suave y limpia.

Casi al amanecer consiguió revivir su sueño favorito: esa noche, bailando en la habitación mientras recreaban un momento que nunca había tenido lugar, la fiesta de Natalia. Entonces, a los dieciséis años, ella le había dicho que lo esperaría... aunque Matteo ya planeaba alejarse de Bordo del Cielo y de la infernal existencia a la que se veía forzado.

Bella tenía dieciocho años cuando sus labios se encontraron por primera vez y, a pesar del penoso comienzo, había sido una noche de romance, sexo e intensa emoción; una noche en la que se había llevado su inocencia.

Había sido una noche como ninguna otra.

No quería pensar en el dinero que le había dado esa mañana, ni en Bella esa noche, detrás de la barra. Entonces llevaba una gruesa capa de maquillaje, su pequeño busto apretado bajo un vestido demasiado ajustado y apestando a colonia barata.

No, prefería lo que había ocurrido después, en la habitación.

Habían hecho el amor con apasionada ternura, ahogándose en besos... y recordaba sus sollozos mientras la convertía en su amante. El cardenal en la mejilla, del que él era culpable, perdonado, porque Bella había entendido la razón.

Era él o Malvolio.

La noche casi había terminado y ya estaba duchado y vestido, pero en lugar de irse había vuelto a la cama para tumbarse a su lado, intentando decidir si debía pedirle que se fuese con él de Bordo del Cielo.

Y entonces había sentido la suavidad de su pelo y el calor de su mejilla rozando su estómago...

Estaba perdido en el recuerdo de sus labios cuando una húmeda lengua rozó la punta del glande.

¿Había alguna forma mejor de despertar? Matteo dejó escapar un gemido de placer al sentir que lo introducía en su boca y bajó la mano para acariciar su pelo...pero entonces la realidad se abrió paso.

Los labios de Bella no eran sabios sino curiosos y tentativos. Tan ligeros, tan suaves... ah, pero qué delicia.

Entonces empezó a despertar del sueño.

Porque no eran aquellos los labios que deseaba.

No era Bella.

Cuando iba a apartarse sintió algo frío y húmedo entre las piernas y escuchó un grito de Shandy, que se levantó de un salto, con el pelo rubio empapado.

Y, de repente Matteo despertó del todo.

−*Mi scusi...* −se disculpaba una camarera mientras él encendía la luz, explicando que había tropezado y había tirado sin querer el cubo de hielo que estaba sobre la mesilla.

−*Imbecile!* −gritó Shandy.

–Tranquila –dijo Matteo, pero ella no estaba dispuesta a calmarse.

–¡Voy a hacer que te despidan! –siguió Shandy–. ¿Cómo te atreves a entrar sin llamar? ¿Cómo te atreves a interrumpir cuando mi prometido y yo...?

–Ha sido un accidente –insistía la camarera mientras intentaba solucionar el desastre. Había vertido el café y los bollos y la mermelada estaban dejando una mancha en la alfombra...

Shandy, que había saltado de la cama para ponerse un albornoz, le advertía a gritos que estaba a punto de ser despedida mientras levantaba el teléfono para hablar con Recepción.

Matteo se envolvió en la sábana mientras Shandy exigía la cabeza de la camarera en bandeja de plata y luego entraba en el baño, cerrando de un portazo.

–*Mi scusi* –repitió la joven.

Matteo no creía que lo sintiera, aunque su tono no era seco cuando se dirigió a ella sino más bien reservado:

–Levántate, Bella.

Capítulo 2

S U LARGO pelo negro escapaba de la coleta, cubriendo su cara, pero nada hubiera impedido que la reconociese y Matteo vio que se quedaba inmóvil cuando pronunció su nombre.

Se mordía las uñas, notó cuando levantó una mano para apartar el pelo de su cara. Pero antes no lo hacía. Aquella noche, cinco años atrás, tenía las uñas cortas, pero bien cuidadas.

–Levántate –repitió con tono seco porque eso era mejor que ponerse de rodillas y tomarla entre sus brazos.

Esperaba que volviera a disculparse, pero en lugar de eso lo miró a los ojos y, bajo la sábana, la reacción de Matteo no se hizo esperar. Cómo le gustaría que esos ojos verdes lo dejasen frío.

Pero era imposible.

–*Mi scusi...*

–Deja de disculparte, Bella. Los dos sabemos que no ha sido un accidente.

–Pero lo ha sido –insistió ella–. He llamado a la puerta y me ha parecido escuchar que entrase. Me asusté al ver que la sábana se movía y tropecé...

–miró la botella vacía de champán en el suelo–. Siento mucho haber disgustado a tu prometida. ¿El agua estaba muy fría?

–Has conseguido lo que querías –Matteo estaba empezando a perder la paciencia y tiró de su brazo para levantarla.

El agua fría no había servido de nada porque su piel era cálida y su aroma, incluso después de cinco años, le resultaba tan familiar. ¿Pero cómo podía ser si esa noche llevaba un perfume barato?

La había bañado para borrar ese olor, recordó, aunque intentaba no hacerlo.

Posiblemente Bella era la única mujer que podía llevar un uniforme de color verde pálido con un delantal blanco y seguir teniendo un aspecto sexy. Ni siquiera los zapatos planos lograban restarle belleza a sus largas piernas. No debería estar sonriendo después del caos que había creado, pero sus labios seguían haciendo que se derritiera.

Incluso con Shandy en el baño, el deseo, la necesidad de besarla era imperiosa...

–¿Te ha sorprendido verme?

–No, la verdad es que no –Matteo se encogió de hombros como si encontrarse con ella no lo afectase, como si no hubiera pasado gran parte de la noche soñando con ella–. Anoche me dijeron que trabajabas aquí...

Y entonces recordó por qué nunca podría ser.

–¿Aquí tus clientes son más ricos?

–Lo son –Bella tuvo que hacer un esfuerzo para sonreír–. No sé si ahora podrías pagarme.

–Estoy pensando comprar este hotel, de modo que en un par de meses podría ser tu jefe.

–Nunca –dijo ella, apretando los dientes.

–¿Por qué te enfadas? Si no recuerdo mal, nos despedimos en términos muy amistosos.

Notó que contenía el aliento y cuando bajó la mirada y comprobó que sus pezones se marcaban bajo la tela del uniforme le dijo la verdad:

–Podría tomarte ahora mismo y no tendría que pagarte.

Ella esbozó una sonrisa.

–Claro que no tendrías que pagarme. Lo haría gratis, Matteo –dijo en voz baja–. ¿Quieres que lleve uniforme? Eso es muy soso. ¿Quieres un servicio personal? Tú decides.

Matteo apretó los puños.

–¿Vas a pegarme otra vez?

–No tergiverses lo que pasó esa noche.

–No lo hago –Bella sonrió, irónica–. Pero debes saber que si es considerado, una mujer siempre recuerda a su primer... –entonces sonó un golpecito en la puerta–. ¿Estabas pensando en mí mientras ella te la chupaba? –le preguntó y luego soltó una carcajada–. Claro que sí... imagino que viste la nota en la que te advertía que hoy habría tormenta.

–¿Celosa, Bella? –le preguntó Matteo–. ¿Esa es la razón por la que nos has tirado el cubo de agua?

–No estoy celosa en absoluto. Mi madre solía hacer lo mismo a los perros en la calle.

Matteo, que había soltado su brazo para ponerse un albornoz, se volvió, indignado.

–Shandy y yo no somos perros. Estaba en la cama con mi amante...

Sus palabras hicieron que palideciese. Le dolía en el alma saber eso y estaba empezando a entender el error que había cometido.

Entonces sonó un golpecito en la puerta y Matteo se libró de la sábana....

Enfrentada con la belleza masculina, Bella tuvo que apartar la mirada.

No era tímido; ¿para qué iba a serlo si había visto cada centímetro de su cuerpo esa noche, en Bordo del Cielo?

Pero mientras se ponía el albornoz se sintió tentada por el cuerpo desnudo de Matteo Santini.

Los bíceps marcados, las piernas fuertes, su orgulloso miembro sobresaliendo de entre los muslos.

Pero nunca volvería a ser suyo.

Matteo abrió la puerta de la suite mientras la rubia furiosa salía del baño con el pelo envuelto en una toalla.

–¡Su empleada me ha arruinado la mañana! –le espetó a Alfeo, el gerente.

Matteo miró a Bella. La bruja seductora que había entrado en la habitación de repente parecía contrita. Incluso había conseguido derramar un par de lágrimas.

No quería creer que fueran reales.

–Le he pedido disculpas.

–Demasiado tarde –le espetó Shandy, volviéndose hacia Alfeo, el gerente–. Despídala.

–No hay necesidad de eso –intervino Matteo–. Ha sido un accidente, no ha pasado nada.

–¡Me ha tirado un cubo de agua encima! –gritó Shandy–. No se ha tropezado, lo ha hecho a propósito. Esto va a salir en los periódicos. ¿Usted sabe quién soy?

Al gerente le daba igual que Charlotte Harvershand, o Shandy como era conocida, fuese la hija de un político británico. Lo que le preocupaba era la reacción de Matteo Santini. Alfeo sabía muy bien que él y su socio, Luka Cavaliere, estaban pensando comprar el hotel y tragó saliva mientras sopesaba sus opciones. Santini parecía un hombre razonable, pero no quería arriesgarse y tomó una rápida decisión.

–Estás despedida –le dijo a Bella.

–Alfeo... –empezó a decir ella, con lágrimas en los ojos–. Por favor...

–Ve a mi oficina, bajaré en un momento.

–Llevo cinco años trabajando aquí y nunca he cometido un error...

–¡Fuera! –gritó el gerente. Bella salió de la habitación sin mirar a Matteo.

Debería sentirse aliviado. Debería olvidarse de ella y seguir adelante con la vida que había creado para sí mismo, pero se quedó mirando la puerta mientras el gerente intentaba solucionar la situación.

–Nosotros nos ocuparemos de limpiar la suite, no se preocupen. Por favor, siéntense, les traerán el desayuno enseguida. No sé cómo pedirles disculpas...

–No había necesidad de despedirla –lo interrumpió Matteo, mirando a Shandy–. Le acabas de costar su puesto de trabajo a una persona. ¿Eso no te molesta?

–Lo que me molesta es que tengo que ir a la peluquería cuando pensaba ir de compras esta mañana –Shandy examinó sus perfectas uñas.

Matteo recordó entonces las uñas mordidas de Bella y, a pesar de sus esfuerzos, el pasado lo invadió del todo. No podía seguir viviendo una mentira.

Cuando llegó el nuevo desayuno le pidió a la camarera y Alfeo que salieran de la habitación. Sirvió el café con mano firme y, mientras lo hacía, ya estaba borrando de su vida a su última amante.

Shandy no se fue sin protestar, pero él estaba acostumbrado.

Rogó, gritó, pataleó y la habitación quedó ligeramente destrozada una vez más, pero por fin Shandy estaba en el jet de la empresa, de vuelta a Londres, y él en el hotel en el que Bella había trabajado durante cinco años.

Cinco años.

Eso significaba que se había ido de Bordo del Cielo casi al mismo tiempo que él.

No tenía sentido, pensó, mientras llamaba al gerente para discutir lo que había pasado esa mañana.

–Nunca nos había ocurrido –empezó a decir Alfeo–. En las plantas superiores trabajan nuestros mejores empleados...

–¿Y Bella es uno de los mejores?

–Hace bien su trabajo.

–¿Nunca había tenido ningún problema con ella?

–Ninguno –Alfeo apartó la mirada y Matteo se preguntó si su aparente preocupación tendría algo que ver con las actividades de Bella fuera del horario de trabajo–. Habíamos preparado su visita con sumo cuidado, pero hubo un problema con los turnos. Bella no suele trabajar en las plantas superiores.

–No quiero que la despida –dijo Matteo entonces–. Adviértale que no puede volver a ocurrir, pero dígale que tiene una segunda oportunidad... a partir del lunes.

–Sí, claro. Puede decirle a su prometida que no volverá a verla.

Matteo decidió no darle explicaciones. Shandy no era el problema. Con Bella tan cerca, el problema era si él podría apartarse.

Pero no sería fácil evitarla, pensó al recibir una llamada de Luka.

–Parece que tenías razón –su amigo suspiró–. Sophie le ha dicho a su padre que nos casaremos en Bordo del Cielo este fin de semana.

–¿Y tú has aceptado?

–No creo que su padre aguante hasta el domingo, la verdad. Todo será una farsa, no voy a casarme con ella solo para contentar a Paulo.

–Por fin dices algo sensato.

–¿Irás a Bordo del Cielo? –le preguntó Luka–. Podría ser un problema porque Bella será la dama de honor.

Matteo recordó aquella mañana en el aeropuerto, con Luka esperándolo para irse de Bordo del Cielo. Recordó la tensión mientras buscaba a Bella y a su madre, dispuesto a explicarle a su amigo la situación. Pero no habían aparecido, de modo que no le contó que había pensado llevarse a Bella con él a Londres.

Luka, sin embargo, había oído algo sobre su última noche loca en el hotel.

–Solo quería advertirte para que tu novia no se sienta incómoda.

–No creo que eso sea un problema –Matteo no quería contarle a su amigo que había roto con Shandy–. Iré solo, pero solo puedo quedarme hasta el domingo por la noche. Tengo que ir a Dubái.

–¿No puedes cambiar la reunión? La boda no se celebrará e imagino que se armará un buen jaleo. Me vendría bien tenerte a mi lado...

–Lo siento, no puedo.

Matteo cortó la comunicación unos minutos después. Podría haber cambiado la reunión, pero era mejor no hacerlo.

Mejor no ver a Bella más de lo estrictamente necesario. Antes de la boda estarían muy ocupados, pero el domingo por la noche...

Quería una vez más con Bella.

Aunque sabía que era un error.

Capítulo 3

BELLA estaba en la oficina de Alfeo, mordiéndose las uñas.

No podía quedarse sin trabajo. Se había gastado la mayor parte de sus ahorros intentando ayudar a Sophie...

Con lo que le quedaba tenía que comprar una lápida para la tumba de su madre porque Malvolio se había encargado que María tuviese un entierro de mendiga.

Pero no era solo estar a punto de perder su trabajo lo que la tenía tan angustiada.

Era haber visto a Matteo.

Verlo con su prometida había sido insoportable, pero que se refiriese a otra mujer como «su amante» le había roto el corazón.

Odiaba su belleza, su arrogancia y su pasión. Odiaba todo en Matteo si no iba dirigido a ella.

Sabía por las revistas de sus numerosas conquistas, pero había sido un infierno verlo con sus propios ojos.

No, tirar el cubo de agua sobre Matteo y su amante no había sido un accidente.

—Bella.

Se levantó cuando Alfeo entró en la oficina, pero él le hizo un gesto para que se sentase.

–Siento mucho lo que ha pasado –empezó a decir–. En cinco años nunca había tenido un accidente...

–¿Y el vestido que se encontró en tu taquilla?

Bella apretó los dientes.

–La cliente lo había tirado a la papelera.

–Y esa misma cliente llamó a Recepción unas horas después para decir que había cambiado de opinión y quería recuperarlo.

Bella hizo una mueca. Era típico de las clientes del hotel hacer que el personal se pusiera a rebuscar entre la basura.

–Entonces te otorgué el beneficio de la duda –siguió Alfeo, y Bella tuvo que hacer un esfuerzo para disimular porque sabía que muchas cosas que los clientes dejaban en las habitaciones acababan en la taquilla del gerente.

–¿Y el perfume que se esfumó la semana pasada?

–Lo derramé sin querer.

En realidad, había robado un poco porque lo necesitaba para Sophie, solo lo suficiente para llenar el frasquito de cristal que su padre le había regalado a su madre.

Bella era una superviviente y no se le caían los anillos por mirar en la basura si así podía mantener vivos sus sueños de convertirse en diseñadora. Además, necesitaba un vestido para Sophie. Y sí, también se había llevado un poco de perfume de un frasco enorme, pero solo para que su amiga se sintiera segura cuando viese a Luka.

–Me recuerdas a una urraca. Te gusta todo lo que brilla –dijo Alfeo–. Pero aparte de eso, lo que ha pasado esta mañana es incomprensible. El cubo de agua seguía sobre la mesilla, pero tú dices que tropezaste con él y lo tiraste.

–No sabía que estuviera recreando la escena de un crimen –Bella tenía que hacer un esfuerzo para morderse la lengua.

–Podría ser la escena de un crimen. ¿Cómo voy a explicar esto en mi informe? Matteo Santini está a punto de comprar este hotel y tú le das un baño de agua fría. ¿En qué estabas pensando?

Después de lo que había pasado, Bella sabía que iba a perder su puesto de trabajo.

–¿Podría darme al menos una buena referencia?

–¿Y qué voy a decir, que Bella Gatti no siempre dice la verdad y es una ladrona ocasional?

–Podría decir que Bella Gatti trabaja diez horas al día y a veces más, sin quejarse nunca.

–O que Bella Gatti está recibiendo una última advertencia –dijo Alfeo entonces–. Acabo de hablar con el señor Santini y no quiere que te despida, pero ha pedido que no vengas a trabajar hasta la semana que viene, cuando ya no estén aquí. Dudo que quiera contarle a su prometida que te ha perdonado, pero puedes volver el lunes.

Ella lo miró, perpleja.

–¿No estoy despedida?

–No, pero voy a vigilarte. Sigo sin creer que lo de esta mañana fuese un accidente.

–No sé cómo darle las gracias...

–Y yo no sé por qué un cliente tan importante como Santini se toma tanto interés por una camarera.

–Puede que solo sea por amabilidad –dijo Bella, pero notaba que le ardían las mejillas.

–Por lo que he leído sobre él, Matteo Santini no es un hombre amable y no hace favores. ¿Y tú?

–No sé... qué quiere decir.

–Si descubro que estás teniendo relaciones íntimas con algún cliente...

–Esa sugerencia me parece insultante –lo interrumpió Bella. Pero la realidad era que si Matteo hubiera estado solo...

–Te pido disculpas. No era mi intención ofenderte.

Tras su conversación con el gerente, Bella salió del hotel por la puerta del personal y allí se encontró a Matteo, apoyado en la pared, tan elegante como siempre y con una expresión indescifrable. Habría corrido a sus brazos si hubiera hecho el menor gesto... pero entonces recordó a su prometida.

Era demasiado hermoso para aquel sucio callejón. Y también ella, decidió Matteo mientras la veía acercarse.

–¿Qué ha pasado?

–Creo que tú lo sabes muy bien. No me han despedido, pero no puedo trabajar hasta que tu prometida y tú os vayáis del hotel –Bella intentó recordar que pronto podría ser su jefe–. Gracias.

Matteo sabía que estaba haciendo un esfuerzo para morderse la lengua y no pudo evitar una sonrisa.

–¿Por qué sonríes?

–¿Te apetece que vayamos a desayunar? –sugirió Matteo.

–No creo que a tu prometida...

Matteo no iba a contarle que había roto con Shandy o que nunca habían estado prometidos. Bella era demasiado peligrosa para él. Le había ofrecido un futuro y ella lo había rechazado, pero el deseo seguía allí y era más seguro mantener la imagen de la prometida.

–Podemos tomar algo mientras recordamos los viejos tiempos. Quiero saber cómo estás.

Bella miró el uniforme verde pálido y los zapatos planos, un atuendo que no era precisamente favorecedor.

–No voy vestida para...

–Solo es un desayuno –Matteo se encogió de hombros–. Pero sí, vamos a tu casa para que puedas cambiarte.

Matteo se puso unas gafas de sol cuando salieron del callejón y Bella hizo lo mismo. Claro que las suyas eran baratas y no servían de mucho, pero se las puso para que no viera las lágrimas en sus ojos.

Era tan difícil volver a verlo. Más difícil olvidar la imagen de él en la cama esa mañana, con una mujer que no era ella.

–¿Vives con Sophie?

–Así es –tras las gafas, Bella parpadeó nerviosamente.

Su amiga le había contado a Luka que las cosas le iban bien y no quería que Matteo viese dónde o cómo vivían.

–Sophie le contó a Luka que trabajabas en tu casa.

A juzgar por cómo le había hablado esa mañana, parecía pensar que sacaba un sobresueldo con la profesión más antigua del mundo.

«Una vez una fulana...».

Bella sabía lo que había hecho para llegar a Roma y que nunca la perdonaría por ello. No necesitaba conocer los detalles y ella no iba a contárselos.

En cierto modo era más fácil hacerle pensar que estaba en lo cierto, mostrarse frívola y resuelta, fingir que volver a verlo no era lo más difícil que había hecho en toda su vida.

–Espera aquí –dijo Bella unos minutos después.

–¿No vas a invitarme a entrar en tu casa?

–No.

–Eso no es muy siciliano –le recordó Matteo.

–Pero estamos en Roma y aquí la gente es de otra manera. No se entra en la casa de cualquiera.

–Sí, lo sé, pero...

–Lo siento, pero debes esperar aquí. No tardaré mucho.

Los edificios de esa zona eran antiguos, con apartamentos reformados, pero Matteo no debía saber que el suyo no lo estaba y ni siquiera tenía calefacción.

Se metió por un callejón y, después de atravesar una verja de seguridad, subió los muchos escalones que llevaban a un pequeño apartamento.

En el salón, relativamente espacioso, solo tenían un pequeño sofá y una mesita de café. Fue directamente a la nevera para beber agua, pero eso no la ayudaría a convertirse en una mujer fría y sofisticada en cinco minutos. Había tenido que gastar gran parte del dinero que tenía ahorrado para que Sophie pudiera presentarse ante Luka con una imagen elegante. Su amiga no quería parecer una campesina, como Luka la había llamado durante el juicio.

Si lo hubiera pensado bien habría sabido que si Luka estaba allí, Matteo aparecería tarde o temprano. Pero no había pensado a propósito.

Eso era lo que había hecho durante cinco años para alejar los recuerdos, pero Matteo estaba de vuelta y lo único que pudo hacer fue sacar un discreto vestido negro del armario y ponerse encima un top negro con tirantes finos.

Pasó un paño por sus bailarinas negras, se cepilló el pelo y salió, cerrando la verja tras ella.

–Qué rápida –dijo Matteo.

–¿Querías que hiciera un esfuerzo por ti?

–Quería decir que has sido muy rápida, nada más.

Había tensión entre ellos. Bella seguía furiosa por lo que había visto esa mañana y Matteo no se había mostrado muy impresionado por su crudo intento de seducción.

Pero aparte de eso había una tensión distinta, la de dos antiguos amantes intentando mostrarse amables e indiferentes cuando era todo lo contrario.

–¿Qué tal aquí? –sugirió Matteo, señalando la terraza de un restaurante en el que Bella había intentado pedir un puesto de camarera. El portero ni siquiera la había dejado entrar.

Sabía que no era lo bastante elegante y fina como

para trabajar allí y menos para sentarse allí, pero Matteo ya estaba pidiendo una mesa.

Vio que las mujeres lo miraban sin disimulos. Allí, entre la élite de Roma, Matteo llamaba la atención. Los ceños fruncidos eran por ella. Entre la élite de Roma también ella llamaba la atención, pero no por el mismo motivo.

Mientras se sentaban el camarero colocó la sombrilla y por una vez Bella se sintió importante.

—¿Qué te parece Roma? —le preguntó él.

—Ruidosa.

—¿Echas de menos Bordo del Cielo?

—Esta es mi casa ahora. Y tú ¿lo echas de menos?

—No —Matteo negó con la cabeza—. No hay nada que añorar allí.

—¿Y tu madre?

—Se marchó del pueblo con mi padrastro cuando Malvolio murió. Vendieron la casa, pero ya se han gastado todo el dinero.

Y él estaba cansado de los dramas de su madre.

—¿Seguís en contacto?

—Me llama para pedir dinero. Nada más.

—¿No la ves?

—Nunca.

—¿Y no te preguntas cómo está? —Bella tenía un nudo en la garganta, más por sí misma que por la madre de Matteo.

—Si estuviera mal, me lo diría.

—¿Y tu hermano Dino?

Vio que Matteo apretaba los dientes. Sabía que Dino le había hablado de ella.

–Está en la cárcel. Cuando Malvolio murió nadie quiso saber nada de él.

–¿Vas a visitarlo?

–No, no voy a visitarlo. Hago lo posible para no pensar en él, pero seguro que está como siempre, la gente no cambia.

–No, es verdad –asintió Bella. Los pobres siempre eran pobres, los ricos se hacían más ricos y los bellos envejecían bien.

Y Matteo era la prueba viviente. Allí estaba, inmaculado y absolutamente tranquilo.

–¿Te gusta tu trabajo?

–Me encanta hacer camas –respondió ella, irónica–. Y a veces, cuando estoy limpiando un lavabo, me siento bendecida, pero eso no puede compararse a limpiar inodoros, claro.

–¿Y tus vestidos?

Bella se encogió de hombros.

–No soy tan buena como pensaba. He pedido plaza en varias escuelas de diseño, pero...

–No necesitas una escuela de diseño. Podrías empezar por tu cuenta.

Bella frunció el ceño. No parecía saber que era difícil comprar telas con su sueldo, o que trabajaba turnos de diez y doce horas en el hotel solo para mantenerse a flote. Alfeo se equivocaba, ella no era una urraca, no le gustaban las cosas bonitas porque sí; quería hacerlas, clavar las tijeras en la tela, crear, coser, pero ese era un sueño que empezaba a escapársele de las manos.

–Nunca has visto mi trabajo.

–Lo vi anoche –respondió Matteo–. Sophie llevaba un vestido que habías hecho tú. Ya sabes, para fingir que tiene dinero...

Bella se quedó sin aliento. Sophie y ella habían hecho lo posible para que pudiera sentirse orgullosa de sí misma cuando le pidiera a Luka ese último favor.

–Tú no sabes nada.

–Sé que está mintiendo.

Bella llevaba ese secreto sobre sus hombros, pero algo le decía que Matteo no se lo contaría a nadie más.

–¿Luka lo sabe?

–No tengo ni idea –admitió Matteo–. No hablamos del pasado. Solo sé que Sophie se puso en contacto con él y le pidió que se hiciera pasar por su prometido para contentar a su padre. Y ahora quiere casarse –hizo una mueca de desprecio–. Le he advertido que el divorcio le saldrá muy caro.

–Esto no tiene nada que ver con el dinero –replicó Bella–. Es solo para que Paulo pueda morir en paz.

–¿Por qué miente entonces y le hace creer que todo le va de fábula?

–Tal vez necesitaba sentirse orgullosa de sí misma para poder mirar a su examante a los ojos mientras le pedía ayuda –contestó Bella.

–No sé cuál es su juego, pero si el vestido que llevaba anoche lo has hecho tú, entonces tienes mucho talento.

–Solo haría falta que una mujer guapa llevase uno de mis vestidos para que saliera en las revistas

–Bella sonrió por fin–. Podrías pedirle a Shandy que se pusiera uno para alguna de las cenas benéficas a las que vais...

–No, no lo creo –la interrumpió él.

Bella miró la carta y pidió un *panino*.

–Brioche con pistacho y helado de cereza.

–Eso es muy típico de Sicilia –comentó él.

–No suelo comer fuera y cuando lo hago pido algo que sé que va a gustarme.

Sus palabras lo golpearon entre las piernas. Bella podía hacer que cualquier frase sonase seductora, pensó mientras la veía levantarse para ir al lavabo.

No había necesidad de ser tímida. Siendo la acompañante de Matteo Santini, el portero le abrió la puerta amablemente.

Había una máquina expendedora en el lavabo que Bella no se hubiera dignado a mirar dos veces en otra ocasión, pero aquel no era un día normal, de modo que introdujo unas monedas. Un gasto absurdo, pensó cuando un botecito con medio miligramo de brillo de labios cayó en la palma de su mano.

Después de acicalarse se arregló el top frente al espejo mientras intentaba apartar las imágenes que aparecían en su cerebro.

Su primer beso, su único baile.

Tardó más de lo debido, pero se sentía mejor y cuando volvió a la mesa el camarero ya había llevado los platos.

Al ver un grupo de mujeres mirando sus zapatos y comentando en voz baja Matteo se arrepintió de haberla llevado allí.

En lo único que había pensado desde que sus ojos se encontraron esa mañana era en lo preciosa que estaba, pero gracias a esas mujeres pudo notar que su vestido era viejo, que las puntas de los zapatos estaban rozadas y que las puntas de su maravilloso pelo negro estaban abiertas. No había sido su intención ponerla bajo el escrutinio público y, sin embargo, había hecho exactamente eso.

Allí la imagen era importante; la ropa, los accesorios, los bolsos o las gafas de sol, pero le gustaría poder tomar su mano y decirle que a él no le importaba nada de eso.

Mientras desayunaban, hablaron de Bordo del Cielo.

—Me han dicho que hay muchos turistas. Demasiados, al parecer. Aunque la gente está más contenta ahora que Malvolio ha muerto.

—Lo comprobaremos este fin de semana —respondió Matteo.

Bella dejó el bocadillo sobre el plato.

—¿Qué quieres decir?

—¿Sophie no te lo ha contado?

—No.

—Luka me ha llamado esta mañana. Van a casarse el domingo. Yo voy a ser el padrino y creo que Sophie va a pedirte que seas su dama de honor.

—Pero tengo que trabajar —dijo Bella atónita, porque Luka había jurado que no se casaría con Sophie.

—No trabajas hasta el lunes —le recordó él.

—Ah, ya veo. Por eso Alfeo me ha dicho que no volviese al hotel.

Cualquier esperanza de que lo hubiese organizado todo para que fuese con él a Bordo del Cielo se esfumó cuando Matteo negó con la cabeza.

–Me enteré de la boda después de hablar con el gerente.

–Entonces tus esfuerzos para que Shandy no vuelva a verme han sido en vano –Bella esbozó una sonrisa–. Se llevará una sorpresa cuando me vea en la boda. Tal vez me tire un cubo de agua mientras bailamos...

Matteo no le dijo que Shandy no estaría en Bordo del Cielo.

–Nos portaremos bien –le aseguró, sabiendo que era casi una tarea imposible.

Ese baile podría matarlos a los dos, pero afortunadamente la boda no tendría lugar.

Se quedaron en silencio durante un momento y luego, deseando ver sus ojos, Matteo le quitó las gafas de sol.

–Pareces cansada.

–Porque lo estoy. E incómoda. La gente nos está mirando y no me gusta que me miren así.

Matteo pidió la cuenta.

Capítulo 4

ROMA estaba preciosa aquel día, pensó Bella mientras se alejaban de la terraza. Pero era extraño estar allí con Matteo y no ir de la mano o no besarse con la promesa de ir después a la cama.

–Ni una sola nube –comentó Matteo mirando el cielo–. En tu nota decías que hoy habría tormenta.

–Yo soy la tormenta –Bella sonrió y él lo hizo también.

–Anoche estuve visitando la ciudad. Alquilé una Vespa y...

–No quiero que me cuentes lo que hiciste con Shandy anoche.

–No estaba con ella. Estaba contigo –dejó de caminar para mirarla a los ojos–. Podríamos alquilar una Vespa ahora y...

–No –lo interrumpió Bella.

–Pero sé que te gusta explorar.

–Así es.

–¿Entonces?

Cuando Bella respondió deseó no haber insistido.

–Entonces tendríamos que tocarnos.

Siguieron caminando, sin hablar, y llegaron a una

zona con césped donde había familias y parejas sentadas. Matteo compró dos cafés para llevar y se sentaron allí, cansados de la noche que habían pasado pensando el uno en el otro, tumbados sobre la hierba. Bella se quitó las gafas dejó que el sol acariciase su cara.

Si había un sitio en el mundo que sintiera como propio era a su lado. Allí podía levantar la mirada y ver el cielo; y si miraba a un lado solo podía verlo a él.

Matteo estaba mirando el cielo cuando giró la cabeza para admirar su perfil.

–Echo de menos mi casa –admitió él–. No a la gente, más bien...

–Yo también la echo de menos –dijo Bella–. Me encanta Roma, pero añoro tantas cosas de Bordo del Cielo. Echo de menos la playa a la que Sophie y yo íbamos todos los días –admitió–. También echo de menos los mercadillos, la comida, los días que pasaba explorando. Aunque siguiera viviendo allí aún me quedarían cosas por descubrir...

–¿Qué pasó cuando le dijiste a tu madre que te ibas? –preguntó Matteo.

Bella se quedó en silencio porque no sabía cómo contarle que su madre había muerto sin ponerse a llorar. En lugar de eso le hizo una pregunta:

–¿Qué echas tú de menos?

–No lo sé exactamente. Solo esos seis últimos meses... nunca se lo he contado a nadie, si quiera a Luka, pero mientras llevaba el hotel sin tener a nadie presionándome casi podía verme viviendo allí.

–¿De verdad no echas de menos a tu madre? –preguntó Bella. No podía creer que se hubiera olvidado de su familia tan fácilmente.

–Mi madre me odiaba.

–¿Odiarte? ¿Por qué dices eso?

–Ella misma me lo dijo. Y mi padrastro no tenía que hacerlo con palabras, sus puños lo decían todo. No recuerdo a mi madre antes de que se casara con él...

Aún no era capaz de llamar a su padrastro por su nombre.

–¿No crees que tal vez podría temer mostrarte cariño delante de él?

–Tal vez al principio, pero después se volvió tan cruel como él. Recuerdo una vez, cuando tenía cinco años... estábamos sentados a la mesa. Ella le servía primero a él, luego a Dino, que entonces debía tener unos tres años, más tarde a sí misma. Solo cuando ellos tres habían repetido me servía a mí, pero en esa ocasión ni siquiera lo hizo. Me dejó sin comer, así, sin razón alguna. Entonces entendí el mensaje: en esa casa no había sitio para mí.

Bella recordaba que su madre siempre decía haber comido, que hacía lo que tuviese que hacer para que ella no pasara hambre.

Pensar que una madre dejase a su hijo sin comer a propósito...

–Me iba a casa de Luka. Aunque no me gustaba mucho allí siempre había comida, pero entonces Luka se fue al internado y no tuve más remedio que volver a mi casa. A los quince años tuve una pelea brutal con mi padrastro y me marché.

—¿Fue entonces cuando tu madre te dijo que te odiaba?

—Sí —respondió Matteo—. O más bien, le pregunté por qué me odiaba y ella me respondió que porque le recordaba a mi padre. Le pregunté si la había tratado mal y ella me dijo que no, todo lo contrario, por eso no podía mirarme, porque le recordaba todo lo que había perdido.

—¿Y dónde fuiste?

—Malvolio me dejó alojarme en una de las casitas de pescadores en la playa. Le dije que no podía pagar alquiler y él me respondió que eso no sería un problema porque encontraría algún trabajo para mí —tras las gafas, Matteo puso los ojos en blanco—. Y por supuesto lo encontró. Yo envidiaba a Luka, que se había ido a estudiar a Londres, y quería ir con él, pero era demasiado orgulloso como para suplicar. Cuando volvió para romper con Sophie yo sabía que no pensaba regresar nunca, así que le pedí que nos viéramos en el hotel. Iba a pedirle que me ayudase, pero como tú, no apareció. Claro que él tenía una excusa porque estaba detenido. ¿Cuál es tu excusa, Bella? ¿De verdad pensabas ir al aeropuerto y María te convenció para que no lo hicieras?

Bella no respondió.

—Muy bien, entonces cuéntame otra cosa —insistió Matteo—. Lo de esta mañana no ha sido un accidente, ¿verdad?

–Esperaba que estuvieras solo.

–¿Para hablar?

–No, hablar contigo es lo más difícil –Bella recordó la nota que le había escrito. Había pensado que si Sophie y Luka estaban juntos, aunque solo fuera de forma temporal, Matteo también podría querer verla.

–¿Y si hubiera estado solo?

Si se pudiera ser infiel con los ojos, Matteo lo estaba siendo en ese momento.

Y si ella pudiera ser la otra mujer solo con una mirada, entonces lo era.

No se tocaron, pero Bella sabía que si fuera suyo y compartiese esa mirada con otra mujer se moriría.

Era como si estuviesen haciendo el amor con los ojos, reviviendo aquella noche en el hotel...

Matteo la bañaba, la besaba, le hacía el amor. Cinco años después, tumbados sobre la hierba, estaban perdidos en los recuerdos.

Era un juego tan peligroso al que jugaban con los ojos.

–Nos entendíamos bien –murmuró.

–Sí, es verdad.

–Pero ahora tienes una vida que te gusta –Bella intentó romper el hechizo–. Te he visto en las revistas.

–Se inventan muchas cosas.

–Y a veces cuentan verdades, como lo de tu cicatriz. No me habías contado que recibiste una puñalada.

–Te conté que tuve una pelea.

–Y fue interesante leer que Shandy fue expulsada del colegio a los dieciséis años por emborracharse.

Matteo tragó saliva. Tenía la garganta seca porque sabía dónde iba la conversación.

–Le prestan mucha atención a tu pasado, ¿no?

–Sí.

–Entonces es mejor que no estemos juntos porque conmigo lo pasarían en grande. Tú mismo dijiste que no querías verte arrastrado por mi pasado.

–Bella...

–Pero aparte del bochorno por mi pasado y el de mi madre, no me gustaría que la prensa hablase de mí de ese modo.

–Lo sé.

Bella se levantó. Así sería más fácil mantener las distancias, recordar por qué nunca podría estar a su lado.

Unos minutos después se sentaron en la Plaza de España, sin tocarse, a salvo tras las gafas de sol, aunque sabía que iba a seguir haciéndole preguntas.

–Le dijiste al gerente que llevabas cinco años trabajando en el hotel –Matteo parecía nervioso mientras trataban el tema más difícil–. Eso significa que viniste a Roma poco después de que...

–Casi tres meses después –terminó Bella la frase por él–. Mi madre sufrió un infarto esa mañana. Cuando volví a casa la encontré tirada en el suelo y murió tres meses después –podía ver la sorpresa en su expresión. Después de todo, María solo tenía treinta y cuatro años cuando murió–. ¿Nunca te tomaste la molestia de averiguar por qué no me había reunido contigo?

–Te di dinero para marcharte –le recordó Matteo, y luego dejó escapar un suspiro–. Hablé con Dino unas semanas después. No me dijo que tu madre estuviera enferma sino que lo pasabas bien trabajando en el hotel, que él estaba disfrutando... –no pudo terminar la frase. Incluso después de tanto tiempo pensar en Dino con Bella lo ponía enfermo.

–Tu hermanastro es un mentiroso. ¿Es que no lo sabes? No volví a pisar el bar después de esa noche contigo. Me fui de Bordo del Cielo en cuanto murió mi madre... ni siquiera me quedé al entierro. Por eso no hay lápida en su tumba.

–Bella...

–Cuando llegué a Roma, Sophie me ayudó. Conseguí un trabajo de camarera en el hotel Fiscella y trabajo allí desde entonces.

–Entonces no... –Matteo no sabía cómo decirlo y Bella se levantó bruscamente para dirigirse a la Fontana de Trevi, donde los turistas buscaban sitio para hacerse fotos, tirando monedas con la esperanza de volver algún día.

–A veces me acuerdo de los baños del pueblo. Dicen que una joven llevó a los árabes hasta una fuente de agua pura... –Bella miró la magnífica estructura, pero por magnífica que fuese la fuente más famosa del mundo, no era su casa.

Sacó una moneda del bolso y la besó, pero en lugar de tirarla la puso en la mano de Matteo.

–Por favor, no la tires. Guárdala en el bolsillo

para no volver. Iremos a la boda, pero, por favor, no vuelvas porque si lo haces, si compras el hotel, me iré y tendré que volver a empezar. Y estoy cansada de hacerlo.

–¿Bella?

No podían cambiar de tema. Estaba allí y debía enfrentarse con el pasado porque Matteo la había tomado por los hombros para mirarla a los ojos.

–¿Me estás diciendo que nunca...? –aún no podía terminar la frase. Pensar en ella con Dino lo había hecho vomitar en el pasado, pensar en ella siendo usada por otros hombres lo ponía enfermo y cuando las palabras le fallaron tomó su mano.

Pero eso la enfureció.

–Ahora he pasado la prueba, ¿no? ¿De repente soy respetable porque tú fuiste mi único cliente? –Bella se sentía amargada, furiosa, avergonzada de la mano que estaba tocando–. Pues no te hagas ilusiones porque no he pasado la prueba. Una persona hace lo que tenga que hacer para sobrevivir. Y no siempre es bonito.

–Bella...

No quería oírlo, no quería justificar nada.

Estaba allí. Con su vergüenza tal vez, pero estaba allí, viva.

Aunque le hubiese costado la oportunidad de estar con Matteo.

Bella hizo entonces algo muy cruel: le quitó las gafas de sol para mirarlo a los ojos y en ellos vio no solo decepción sino algo más.

Rechazo.

Capítulo 5

BELLA se alejó después.

No podría mantener una conversación normal después de esa revelación. Solo quería estar sola, de modo que se alejó sin decir una palabra.

Y Matteo la dejó ir.

El resto del día fue interminable. No podía dejar de pensar en él, así que decidió escapar de sus pensamientos de la mejor manera posible.

Aún no podía creer que Sophie y Luka fueran a casarse el domingo en Bordo del Cielo.

Si era verdad, su amiga se lo contaría. Y si era así, podía hacer algo aparte de pasear por el salón del diminuto apartamento, intentando no pensar en una noche que había tenido lugar cinco años antes.

Decidida, se arrodilló frente a la mesa de la cocina y metió la mano entre dos ladrillos de la pared.

Había hecho lo posible por no tocar el dinero que guardaba para la lápida de su madre, pero a veces había que cuidar de los vivos y quería ayudar a su amiga.

Luego se dirigió a su puesto favorito en el mercado para examinar telas y cajitas llenas de pedrería.

–Esta es preciosa –comentó, pasando la mano

por un tul de color marfil. Solo intentaba convencerse a sí misma porque no dejaba de mirar hacia las telas que costaban cuatro veces más–. Enséñeme esa otra vez.

La textura era similar al vestido de compromiso que había hecho para Sophie, aunque aquel era de seda de algodón y lo que tenía en la mano era seda salvaje.

–No es fácil trabajar con esta tela –murmuró, intentando disuadirse para no gastar tanto dinero– y no tengo mucho tiempo.

No habría tiempo para adornarlo con pedrería, pero sus mejores trabajos siempre habían sido los cortes sencillos. Y el reto de trabajar con una tela tan exquisita, crear algo maravilloso por un precio relativamente bajo comparado con lo que costaría en la tienda hacía que su corazón latiese a toda velocidad.

Si hacía un vestido de novia para su amiga cumpliría una promesa hecha tiempo atrás. Bella pensaba que para entonces sería una rica y famosa diseñadora buscada por todos y rio al recordarlo. Ella sería rica y famosa y Sophie recorrería el mundo trabajando en una línea de cruceros.

La vida entonces parecía más sencilla.

Pero lo haría por su amiga, decidió. Aunque fuese una boda falsa, ella sabía que Sophie amaba a Luka con todo su corazón.

Además, aquella podría ser su única creación de lujo, el primer vestido original que iba a hacer en mucho tiempo. Compró hilo de seda y agujas y luego corrió a trabajar en su dormitorio, cortando el patrón de memoria. Sophie era voluptuosa, con más busto y caderas que ella.

Estaba deseando cortar la tela, pero se obligó a ser paciente para no cometer ningún error. Comprobó las medidas una y otra vez hasta que por fin esa noche, mientras las tijeras se deslizaban por la fina seda, nació el principio de un vestido. La tela, como los pétalos de un tulipán, seguía pegada al papel, pero empezaba a tomar forma cuando oyó el ruido de la verja de seguridad y la voz de Sophie.

Bella salió del dormitorio y abrazó a su amiga en cuanto entró en el apartamento.

–Luka dice que desearía no haberme amado nunca –Sophie empezó a llorar–. Va a dejarme plantada en el altar.

Aunque a Bella le habría encantado contarle sus problemas, decidió que podían esperar.

Sophie se iría al día siguiente a Bordo del Cielo para ser plantada en la iglesia delante de todo el pueblo. Y, además, su padre estaba muriéndose.

–Mi padre quiere que me ponga el vestido de novia de mi madre, pero yo no quiero un matrimonio como el suyo.

–Ya estoy haciendo tu vestido –se alegró de haber gastado todos sus ahorros al verla sonreír y le dijo que estaría trabajando toda la noche–. Voy a estar a tu lado, no te preocupes.

Sophie negó con la cabeza.

–No, tú tienes que trabajar y además... Matteo estará allí.

–Sé que tiene novia y que es muy guapa, pero me encantaría ser tu dama de honor. Y no te preocupes por el trabajo, estoy suspendida de empleo y sueldo desde esta mañana.

–¿Por qué? ¿Qué ha pasado?

–Derramé un cubo de hielo sobre un cliente cuando llevaba el desayuno a su habitación.

–¿Y eso?

–Tropecé, pero su novia se puso furiosa y llamó a Recepción. Fue un accidente, la habitación estaba a oscuras y no lo vi... o ellos no me oyeron entrar con el desayuno porque estaban ocupados haciendo otras cosas.

Sophie notó el tono sarcástico y la miró, incrédula.

–¿Le tiraste un cubo de hielo a Matteo?

–Eso es –Bella sonrió–. Así que ya ves, estoy libre para ir a tu boda y terminar tu vestido. Vas a ser una novia preciosa.

Y lo sería.

Bella tomaba medidas mientras hablaban. La casa de Paulo había pasado a ser propiedad de Malvolio y, tras su muerte, de Luka.

–Se la ha devuelto a mi padre –le contó Sophie–. Bueno, al menos eso es lo que le ha dicho, no sé si es verdad. Pero al menos cree que tiene un sitio al que volver.

–Quiero ver mi antigua casa –dijo Bella–. Imagino que habrá otras personas viviendo allí ahora, pero podría pedirles que me dejasen entrar o al menos llevarme algunos esquejes del jardín. A mi madre le gustaban tanto sus flores. Bueno, eso da igual. Vete a dormir —le aconsejó al ver que intentaba disimular un bostezo.

—El avión sale a las siete. Es un jet privado.

—Así que volveremos a Bordo del Cielo como dos estrellas. Venga, intenta descansar. No queremos que unas ojeras arruinen mi precioso vestido de novia.

Sophie esbozó una sonrisa.

—¿Estás nerviosa por volver a ver a Matteo?

—No —mintió Bella—. Ya hemos hablado esta mañana... y sigue pensando que soy una fulana.

—¡Espero que le hayas contado la verdad!

—No te preocupes por mí. Hemos pasado por cosas peores.

—Pero Matteo y tú...

—No hay futuro para nosotros.

Ni siquiera le había contado a su amiga toda la verdad.

—Pero...

—A dormir —insistió Bella—. No quiero hablar de Matteo.

Y tampoco quería pensar en él. No quería recordar el pasado.

Y Matteo tampoco.

Mientras Bella cosía, no muy lejos Matteo hablaba por teléfono con su ayudante para reorganizar su agenda. Al día siguiente iría en helicóptero a Bordo del Cielo y se iría a Dubái el lunes por la mañana.

—¿Volverás al hotel el domingo por la noche?

–Sí, volveré el domingo.

Podría quedarse en Bordo del Cielo hasta el lunes, pero necesitaba distanciarse de Bella. Aunque ella estaría muy ocupada enjugando las lágrimas de Sophie después de la boda que no tendría lugar.

Cortó la comunicación diciéndose a sí mismo que Bella le daba igual. Ella había elegido su vida. Esa noche, además de vaciar su cartera, también le había entregado su corazón y había prometido cuidar de ella. Pero Bella se lo había tirado a la cara.

Sí, había aceptado que su madre enfermó y que esa era la razón por la que no apareció en el aeropuerto. Pero después... ¿era por orgullo por lo que no había vuelto a ponerse en contacto con ella?

No era amor lo que había encontrado esa noche sino sexo. Nada más, intentó decirse a sí mismo.

Buen sexo.

¿Pero qué había pasado esa noche que había quedado grabado para siempre en su corazón? Estaba tan presente como una nube oscura sobre su cabeza, impidiendo que pudiese disfrutar de otras relaciones.

Bella seguía siendo preciosa, esbelta y excitante.

La deseaba.

Y no solo una vez más. Quería a Bella en su vida. Los otros hombres daban igual.

Pero no era solo su orgullo lo que evitaba que estuviese con ella. Matteo sabía que la prensa la haría pedazos.

La prensa británica sentía una extraña fascinación por el moreno y apuesto italiano que salía con las mujeres más bellas de Londres. No les gustaba y hacían lo posible para destapar su pasado siempre que tenían oportunidad.

Destaparían el pasado de Bella también. La avergonzarían, hablarían de la profesión de su madre y él no podría hacer nada.

Tenía que olvidarla, pero esa noche parecía alargarse durante toda una vida. Una noche con tantos fragmentos, tantas piezas como estrellas fugaces que caían sobre sus pensamientos y sus sueños.

Sí, había soñado con esa noche muchas veces.

Despierto, por fin se permitió a sí mismo recordar en detalle un momento que, aunque escondido, se negaba a ser enterrado.

Lo que no podía saber era que la noche antes de volver al pueblo en el que habían crecido, Bella dejaba de coser el vestido de novia de su amiga y miraba la pared, recordando también ese momento.

Capítulo 6

Cinco años antes

La abarrotada sala del Tribunal olía a aceite de linaza, anticipación y miedo.

El juicio había terminado y el juez estaba a punto de emitir los veredictos. Bella miró su mano, que apretaba la de Sophie. Por fin le habían crecido las uñas; no eran largas, pero parecían como pequeñas medias lunas al final de sus dedos y eso, no sabía por qué, le hizo albergar esperanzas.

Con Malvolio entre rejas, Matteo estaba a cargo del hotel y bajo su dirección todo había mejorado.

Seguía trabajando muchas horas, pero tenía dos descansos y comida gratis. Chocolate caliente con bollos para el desayuno y pasta para el almuerzo o la cena, dependiendo del turno. Louanna, la chef, le guardaba otro plato para que se lo llevase a su madre.

De modo que en lugar de volver a casa agotada y hambrienta, Bella volvía cansada, pero con el estómago lleno y la cena preparada para su madre. Y aún tenía tiempo de coser un rato.

Matteo había dicho que las camareras podían quedarse con las propinas y por eso trabajaban más que nunca.

Bella podía comprar telas, nuevas tijeras, hilos de mejor calidad. Estaba empezando a ver una salida a su vida, pero sabía que todo aquello podía terminar ese día.

–Todo va a ir bien –le dijo a su amiga cuando Luka subió al estrado para escuchar el veredicto.

Tenía que ir bien. Luka solo había vuelto a Bordo del Cielo para romper su compromiso con Sophie, la mujer con la que había estado comprometido desde su infancia. Pero tras una redada policial seis meses antes, tanto Luka como Malvolio y Paulo habían sido detenidos y estaban a punto de ser sentenciados por los pecados del padre de Luka.

Aunque estaba nerviosa por el resultado, su mirada fue hacia el inexpresivo Matteo Santini. Como siempre, y a pesar del calor que hacía en la sala, llevaba un traje de chaqueta inmaculado y ni siquiera había desabrochado el primer botón de su camisa.

Parecía tan relajado y vagamente aburrido como si estuviera en el cine. Nadie adivinaría que esperaba el veredicto de inocencia o culpabilidad de su mejor amigo. Claro que no sabía si de verdad Matteo sentía algo por alguien.

Sus ojos se movieron por la sala hasta terminar clavados en Sophie y luego, durante un segundo, sus miradas se encontraron.

Bella se puso colorada, como siempre que Matteo estaba cerca o cuando en alguna rara ocasión se dirigía a ella en el trabajo. Pero él dejó de mirarla enseguida para escuchar el veredicto del juez.

–Luka Romano Cavaliere... inocente.

Matteo dejó escapar el aliento al escuchar el veredicto.

«Gracias a Dios».

Luka era más un hermano para él que Dino. Su padre había muerto muy joven. De hecho, morir a una edad avanzada era algo raro en Bordo del Cielo. Era un buen hombre, pero su madre no había elegido bien en la segunda ocasión.

Luka nunca había cuestionado los cardenales provocados por su padre, como él no cuestionaba los suyos. La vida era dura en Bordo del Cielo y, años después, Matteo era quien llevaba a cabo las órdenes de Malvolio.

Miró a Sophie para ver su reacción, pero ella seguía con la mirada baja. Luka la había avergonzado durante el juicio diciendo que, a pesar de haber roto con ella, Sophie lo había seducido.

Luego miró a la joven que estaba con ella, Bella Gatti. Sabía quién era y no solo por las veces que había ido a su casa a recaudar el dinero de María. La había visto en el hotel y sabía que era amiga de Sophie desde siempre, como él de Luka.

Parecía asustada, más pálida de lo normal, y no dejaba de apartar el pelo de su cara en un gesto nervioso. Tal vez estaba inquieta por su madre. Matteo sabía que María ya no trabajaba, que tenía muchas deudas y que bebía por culpa del hombre que estaba a punto de escuchar el veredicto del juez.

Si Malvolio salía de la cárcel se cobraría muchas deudas, pensó. Todo el mundo se quedó en silencio cuando Malvolio se levantó. Gordo y sudoroso, se pasó un pañuelo por la frente. Y aunque Matteo rezaba para que fuese condenado a cadena perpetua, ni siquiera esa sentencia podría compensar todas las vidas que había destrozado.

Cómo odiaba a aquel hombre, pensó, disimulando la sonrisa que amenazaba con asomar a sus labios... hasta que escuchó el veredicto.

–Malvolio Cavaliere... inocente.

La sala se quedó en silencio, pero un segundo después, como si todos se dieran cuenta de que Malvolio volvía para subyugar Bordo del Cielo, de repente, empezaron a aplaudir.

Matteo hizo una mueca al ver la desagradable sonrisa de Malvolio.

Había vuelto.

Siguió la dirección de su lasciva mirada y entonces entendió el miedo de Bella, que se había quedado petrificada. Malvolio sería puesto en libertad de inmediato y el terror empezaría de nuevo.

Había borrado su nombre de la lista de «chicas del bar» cuando se hizo cargo del puesto de gerente en el hotel para colocarla en los turnos de camarera, pero ya no podría hacer eso. Malvolio era libre y él no podía hacer nada más que ver las lágrimas que rodaban por el rostro de Bella.

Y entonces Paulo se levantó. El padre de Sophie

era un hombre débil, frágil. Su mujer, Rosa, había muerto cuando Sophie era pequeña. A manos de Malvolio, estaba seguro.

Matteo había trabajado con él y se había hecho cargo de las órdenes que Paulo no era capaz de cumplir.

Pero, aunque muchos pensaban que era otro de los matones de Malvolio, él hacía las cosas a su manera.

Recordó entonces una noche, muchos años atrás. Paulo había recibido la orden de incendiar una casa donde dormía una familia. Matteo, que había sido enviado por Malvolio para comprobar que lo hacía, encontró a Paulo con una botella de combustible acelerante y la cabeza entre las manos.

–Talia era amiga de Rosa –murmuró–. No puedo hacerle esto.

–Entonces mañana estarás muerto –le advirtió Matteo.

–¡Maldito sea Malvolio! Hay niños en esa casa. Prefiero estar muerto que hacer eso.

–¿Y qué será de Sophie si tú no estás aquí para protegerla? Tal vez Malvolio encuentre trabajo para ella. ¿Cuántos años tiene?

El hombre palideció.

–Dámelo a mí – Matteo tomó la botella–. Yo me encargaré de esto, tú vete a casa.

–No puedo pedirte que hagas mi trabajo por mí.

–Vete a casa –repitió Matteo–. Yo no tengo que cuidar de nadie. Nadie se preocupa por mí y al revés, así que no tengo nada que perder.

Y esa noche fue una bendición.

Cuando Paulo se marchó, Matteo se acercó a la casita de pescadores. Por la ventana abierta podía oír a un niño llorando y a su madre acunándolo para que durmiera.

El golpe en la puerta asustó a Talia.

—¿Qué ocurre? —gritó.

—Calla... o harás que nos maten a los dos. ¿Ves esto? —Matteo le mostró la botella—. En cinco minutos el fuego destruirá tu casa, así que saca a tus hijos y márchate ahora mismo.

Un milagro, decían los vecinos. Talia era una heroína porque había conseguido sacar a sus hijos a tiempo.

Malvolio se había encogido de hombros. El incendio de la casa había servido como aviso para los demás, que era lo que quería. Que Talia y sus hijos estuvieran vivos o muertos era irrelevante para él.

Talia estaba en la sala, pero no lo miró ni una sola vez. Nadie debía saber lo que había pasado esa noche. Especialmente cuando Malvolio iba a salir de prisión.

Cuando el juez emitió el veredicto de Paulo, la sala volvió a conmocionarse.

—Paulo Durante... culpable.

Paulo cumpliría su sentencia en Roma, añadió el juez. Luego tuvo que pedir calma al público, que gritaba y levantaba el puño ante aquel hombre frágil y vencido.

No mostraban alegría porque les pareciese justo sino por miedo a Malvolio.

Cuando Matteo salió del Juzgado, a pesar del sol que brillaba en el cielo le pareció el día más negro.

–Matteo, voy a hablar con Sophie –fue lo primero que dijo su amigo–. Ahora que su padre ha sido condenado, su nombre también será arrastrado por el barro. Voy a llevármela conmigo a Londres y tú tienes que venir con nosotros.

–¿Yo? –Matteo sabía que Malvolio no lo permitiría. Había intentado irse una vez y, eternamente desconfiado, no sabía si Luka estaba poniéndolo a prueba como había hecho su hermanastro–. ¿Por qué iba a ir contigo? Nada ha cambiado para mí.

–Todo ha cambiado –dijo Luka–. Yo me voy y Paulo está a punto de cumplir su sentencia, así que tú serás el principal matón de mi padre.

–Tiene a Dino –replicó Matteo, pero su amigo negó con la cabeza.

–Quiere vengarse y lo hará.

Matteo sabía que Malvolio querría vengarse de todos los que habían hablado contra él durante el juicio.

–Nos vamos mañana a las nueve y tienes que venir con nosotros –siguió Luka–. Esta noche celébralo con mi padre como si te alegrases de su puesta en libertad... estará vigilándote, te lo aseguro. No cree que seas leal del todo y esta noche tienes que demostrarle que lo eres. Debes convencerlo de que quieres esta vida depravada o tú y tus personas queridas seréis los primeros en sufrir.

–Entonces es una suerte que no tenga personas queridas –respondió Matteo, irónico.

–¿Esa es la vida que quieres? –le preguntó Luka–. Si es así, te deseo suerte.

–Y yo a ti.

–Aunque no vengas con nosotros, ¿puedes hacer una última cosa por mí?

–Sí, claro.

–Haz que se emborrache para que duerma como un oso hasta mañana.

–Hecho.

Luka se alejó y Matteo supo que iba a convencer a Sophie para que se fuera con él a Londres.

Cuando Malvolio salió del Juzgado unas horas después, descubrió que Luka tenía razón. Estaba claro que pensaba convertirlo en su mano derecha porque todo el mundo le hacía preguntas, todos contaban con él para saber lo que debían hacer.

Y Matteo solo quería alejarlo del bar y de Bella.

Aparcó el coche en la puerta del Juzgado y estrechó la mano de su jefe cuando por fin logró zafarse de los reporteros.

–¿Qué va a pasar esta noche? –le preguntó Malvolio.

–Haremos una fiesta en la calle –respondió Matteo–. Todo el pueblo quiere darte la bienvenida.

–¿Tengo diez años? –replicó Malvolio, irritado–. Pensé que se te ocurriría algo mejor. Quiero una fiesta exclusiva, pero parece que tendré que organizarla yo mismo.

–No hace falta, yo me encargaré. ¿Quieres ir a casa antes?

–Sí, luego iré directamente al hotel. Llevo mucho tiempo esperando... para un momento –Malvolio llamó a Pino, el joven que solía hacer los recados, y salió del coche para hablar un momento con él–. Ahora sí será una buena fiesta –añadió, satisfecho, una vez de vuelta.

Matteo hizo una mueca. Que hubiera salido del coche para hablar con Pino a solas no auguraba nada bueno.

Cuando llegaron a su casa, Angela, el ama de llaves, lo saludó con gesto nervioso.

Matteo llamó al hotel para organizar la fiesta mientras Malvolio se duchaba. Pero cuando salió de su habitación, con un traje de chaqueta, seguía sudando. Era repulsivo.

–Pareces nervioso –comentó.

–¿Por qué iba a estar nervioso? –respondió Matteo.

En realidad estaba haciéndose esa misma pregunta. ¿Por qué estaba nervioso? A él no le importaba Bella Gatti.

Luego recordó cómo se ruborizaba cuando la miraba, y un día, un par de años antes, cuando Dino se había pasado con ella y él tuvo que intervenir.

Sí, se fijaba en ella más de lo que le gustaría admitir y no podía soportar lo que la esperaba esa noche, pero por el momento tenía que pensar en Malvolio.

–Pensé que sería un honor para ti convertirte en mi mano derecha.

Matteo sabía que su vida dependía de la respuesta.

–Ahora que lo has dejado claro ya no tengo que preocuparme. Es un honor, Malvolio. Pensé que elegirías a Luka.

–Tu amigo solo piensa en el sexo, pero pronto vendrá a suplicarme. Por ahora está intentando hacer las paces con Sophie. Se parece mucho a su madre, Rosa. Habla demasiado en lugar de meterse en sus asuntos. Luka se cansará de ella. Además... –Malvolio se encogió de hombros– todos sabemos lo que le pasó a Rosa.

Matteo tomó un trago antes de hablar:

–La verdad es que me preocupaba que eligieses a Dino.

–Dino habla demasiado, tú no.

Que a Matteo no le importase nadie podía ser una bendición o una condena. Sería una bendición si le fuese leal, una condena si intentaba darle la espalda. Pero, por el momento, Malvolio decidió concentrarse en lo que era importante.

–Esta noche no es momento para hacer preguntas. Muchos de mis hombres fueron obligados a testificar, tuvieron que decir cosas que no querían decir. Esta noche les haré saber que entiendo que estaban bajo presión y sé por qué hicieron lo que hicieron.

Matteo dejó escapar un disimulado suspiro, pero el alivio duró poco.

–Esta noche les haremos creer que están perdonados, pero pagarán mañana. Todos ellos –anunció Malvolio.

También se refería a Luka y Matteo lo sabía.

Malvolio querría dar ejemplo con su propio hijo. Afortunadamente, Luka iba a marcharse de Bordo del Cielo.

Estaba atardeciendo y el sol se escondía en el horizonte, convirtiendo el mar en lava derretida. Mientras aparcaba el coche y entraban en el hotel, Matteo sentía como si estuviera atravesando las puertas del infierno.

Capítulo 7

CUANDO terminó el juicio, Bella llevó a Sophie a su casa para escapar de los fotógrafos.

—Solo es una noticia para ellos —se quejó Sophie—. Pero se trata de la vida de mi padre.

—Vamos —dijo Bella, tomando su mano.

Desde su detención, Sophie había vivido con ella y su madre ya que Malvolio se había quedado con su casa para pagar la minuta del abogado de Paulo.

Sophie estaba más que furiosa. Su padre había sido declarado culpable mientras Malvolio estaba en la calle. Aparte de eso, los meses de frustración contenida, el dolor de oír decir a Luka en el estrado que la consideraba una vulgar campesina...

—Me ha humillado —dijo entre sollozos—. Y seguro que ahora está con su padre, celebrando su libertad.

—Tú sabes que no es así.

—Dijo bajo juramento que yo me lancé sobre él, que quise seducirlo después de que me hubiera dejado.

—Lo dijo para no admitir que estabais haciendo planes para marcharos de aquí —le recordó Bella—.

Le dijiste a Luka que estabas preocupada por las actividades de tu padre. ¿Cómo te sentirías si esa fuera la razón por la que Paulo va a pasar el resto de su vida en la cárcel?

–Pero no ha servido de nada porque va a pasar el resto de su vida en la cárcel –Sophie dejó escapar un sollozo–. Luka le dijo a su padre que yo no era más que una vulgar campesina...

Bella entendía que le hubiera dolido. Luka había vivido en Londres durante los últimos años y sabía que Sophie había temido ser poco sofisticada para él.

Y que lo hubiese confirmado en el juicio, delante de todo el mundo, había sido muy cruel.

–A Luka le importas. Recuerda que intentaba alejarse de su padre cuando dijo esas cosas.

Le había dicho muchas veces que Luka solo había dicho eso para proteger a Paulo, pero esa noche su amiga no quería escuchar nada.

–Me voy a Roma para estar cerca de mi padre y tú también tienes que irte –la urgió Sophie–. Malvolio ha vuelto y todo volverá a ser como antes.

–No puedo dejar sola a mi madre.

–Ella lo entenderá...

–No puedo, Sophie. Está enferma.

Bella deseaba más que nada salir huyendo, pero sabía que era imposible.

Sylvia, una amiga de su madre, estaba visitando a María y contándole lo que había pasado. Le había llevado unas flores y una botella de *limoncello* para animarla un poco.

Después de saludarlas, Bella y Sophie fueron a
la habitación que compartían. Sophie empezó a
hacer la maleta, animándola para que hiciese lo
propio. Cuando sonó un golpecito en la puerta pen-
saron que sería Luka para hablar con Sophie después de tantos meses en la cárcel.

Pero no era Luka sino Pino, sobre su bicicleta,
para darle un mensaje de Malvolio. Bella se quedó
en silencio mientras su destino quedaba sellado:
tenía que trabajar en el bar del hotel esa noche.

Ella sabía que ese día iba a llegar. Era algo que
Malvolio había decidido años atrás.

Unos meses antes, la noche en la que debería
haberse celebrado el compromiso de Luka y Sophie, Gina le había llevado un paquete y le había
dicho que Malvolio quería que empezase a trabajar
en el bar.

El paquete seguía en su armario, sin abrir.
Cuando Malvolio fue detenido pensó que la pesadilla había terminado, pero no era así.

Había temido tanto aquel día...

Bella cerró la puerta y volvió al dormitorio.

–Dile a Luka que no quiero verlo –dijo Sophie.

–No era Luka, era Pino con un mensaje para mí.
Esta noche va a haber una gran fiesta en el hotel y
tengo que trabajar en la barra.

–¡No!

Sophie insistió en que fuese con ella a Roma.

–No puedo. Sé que tú tienes que irte y no solo
para cuidar de Paulo... ahora también tú estás en
peligro. Todo el mundo sabe que Malvolio es cul-

pable, pero no es eso lo que van a decirte –Bella empezó a llorar–. No quiero que mi primer hombre sea Malvolio... Sé que tú piensas que es tan sencillo como decirle que no...

Sophie abrazó a su amiga.

–Sé que no es tan sencillo.

–Mi madre ya no puede ni salir de casa.

–Lo sé.

–No puede trabajar. Malvolio la ha obligado a poner la escritura de la casa a su nombre a cambio de pagar las facturas médicas y ahora le debe el alquiler. ¿Cómo voy a dejarla sola? ¿Cómo voy a dejar que mi madre tenga que enfrentarse con ese hombre?

No podía hacerlo.

–Cuando mi madre muera, y no tardará mucho, iré a Roma para estar contigo, pero ahora no puedo. Necesito estar a su lado como tú tienes que estar al lado de tu padre.

Por suerte, Sophie no intentó disuadirla.

Poco después volvieron a llamar a la puerta y en esa ocasión era Luka. Tras un momento de indecisión, su amiga aceptó ir a dar un paseo con él.

–¿Esperarás a que vuelva?

Bella negó con la cabeza.

–Tengo que ir al hotel.

–Pero me marcho esta noche y no sé cuándo volveremos a vernos...

–Entonces será mejor que nos despidamos ahora –dijo Bella. Quería hacerlo lo antes posible para no llorar delante de su amiga.

Se abrazaron mientras Luka esperaba en el pasillo.

–Somos hermanas... no de sangre, pero da igual –dijo Sophie.

–Al menos intenta escucharle. No lo pierdas ahora.

–Me perdió él al decir lo que dijo en el juicio –replicó ella antes de alejarse.

Bella volvió a la habitación, abrió el armario y sacó el paquete que Gina había llevado meses antes.

Dentro había un escotado vestido negro, un conjunto negro de ropa interior, medias, liguero y unas sandalias de tacón alto. También había maquillaje y un frasco de apestoso perfume barato. Bella arrugó la nariz mientras se probaba las sandalias.

Le quedaban pequeñas, pero ella no era Cenicienta y esa noche no habría ningún príncipe, de modo que entró en el dormitorio de su madre y abrió el armario. Allí había un par de sandalias similares y esbozó una triste sonrisa mientras se las ponía. La tapa del tacón se quitaba y revelaba unos tacones huecos que su madre solía usar para esconder dinero. Antes de salir miró la fotografía de María sobre la cómoda... una mujer mucho más joven e infinitamente más feliz.

Bella sabía poco de su padre. Su madre solo le había contado que se llamaba Pierre y era un empresario francés muy rico del que había heredado el pelo negro, la piel pálida y los ojos verdes...

Al oír que Sylvia se despedía salió de la habitación y escondió las sandalias antes de entrar en la cocina.

—¿Te has puesto perfume? —le preguntó su madre, arrugando la nariz.

—No —respondió Bella—. Debe ser el de Sophie.

—¿Dónde está?

—Ha salido a dar un paseo con Luka.

—¿Qué quería Pino? Te he oído hablando con él en la puerta.

—Solo quería saber si iríamos a la fiesta esta noche.

—¿Y qué le has dicho?

—Que tú estabas demasiado cansada y yo tenía que trabajar. Hoy tengo que hacer turno extra en el hotel... la puesta en libertad de Malvolio ha atraído a muchos clientes.

—Es un día triste para Bordo del Cielo.

—Sí, lo es —admitió Bella con voz ronca—. Sophie se va a Roma para estar cerca de su padre.

—Sophie debería vivir su propia vida.

—Tal vez —Bella se encogió de hombros.

—Creo que voy a acostarme —María intentó levantarse y ella la ayudó tomándola por la cintura—. Te llamaré si te necesito.

—No sé a qué hora volveré.

Se le encogía el corazón al pensar que no estaría allí para ayudarla si la llamaba.

—No te preocupes, estoy bien.

—Te quiero, mamá.

—Ya lo sé, hija.

Con su madre en la cama, Bella empezó a arreglarse. La ropa interior picaba un poco y le temblaban las manos mientras se ponía las medias con el liguero.

Una vez vestida se maquilló como pudo, con mucho rímel y colorete. Se pintó los labios de rojo y se sujetó el pelo con un moño suelto.

No derramó una sola lágrima. No porque no quisiera estropear su maquillaje sino porque temía no poder parar de llorar si empezaba a hacerlo.

Los altos tacones harían demasiado ruido sobre el suelo de piedra, de modo que se quitó las sandalias y entró en la cocina para vaciar la botella de *limoncello* en la pila, por si su madre sentía la tentación de beber esa noche. Luego, intentando ignorar el terror que sentía, se dirigió a la puerta con las sandalias en una mano y el bolso en la otra.

–Bella –la llamó su madre desde el dormitorio. Ella se quedó inmóvil.

–Bella, tengo que hablar contigo.

–Ahora no puedo, mamá. Mi turno empieza dentro de unos minutos.

–Por favor, solo un momento.

–De verdad tengo que irme –Bella intentó cerrar la puerta, pero el tono de su madre, normalmente débil, la sorprendió.

–¡Ven ahora mismo!

Bella entró en la habitación, donde solo había una lamparita encendida. Aunque desearía no haberlo hecho porque nunca olvidaría su expresión y su sollozo de angustia al verla con ese atuendo.

–Por favor, Bella, no tienes que hacerlo. Vete a

Roma con Sophie. Os he oído hablando... por favor, márchate de aquí. Te lo suplico.

Sería maravilloso irse con su amiga esa noche, huir de Bordo del Cielo, pero Bella sabía que era imposible porque Malvolio lo pagaría con su madre y ya había pagado más que suficiente.

–No voy a dejarte, mamá.

–Te lo pido por favor.

–No, nunca –Bella negó con la cabeza mientras se sentaba en la cama–. No podría dejarte sola.

Y tampoco podía llevarse a su madre con ella. Aunque encontrase dinero para los billetes, ¿qué pasaría cuando llegasen a Roma? Su madre estaba enferma, no podían vivir en la calle.

–Escúchame, Bella, voy a contarte algo: yo conozco a los hombres, hija. Les gustaría que sus esposas les hicieran lo que les hacía yo, pero nunca se hubieran casado conmigo. No puedo detenerte, pero sí puedo decirte que todo cambiará si vas a trabajar esta noche. Es un estigma del que nunca podrás escapar. Tu padre... lo conocí cuando acababa de cumplir dieciséis años, antes de que se hiciera el hotel. ¿Sabes que era un rico empresario francés?

Bella asintió. Eso era lo único que sabía.

–Pierre vino aquí porque pensaba construir un hotel. Bordo del Cielo no era un destino turístico entonces, pero sí un sitio misterioso, por eso volvía; aunque quiero pensar que también lo hacía por mí –María hizo una pausa–. Pero Malvolio se enteró de sus planes y consiguió echarlo de aquí. Descubrí que estaba embarazada cuando volvió a Francia y fue un gran escándalo. Mis padres me echaron de casa, pero yo estaba segura de que Pierre volvería. Le escribí para contarle que estaba embarazada, pero entonces descubrí que era un hombre casado. No puedo decirte cuánto me dolió, hija. Siempre había pensado que solo nos separaba la distancia, había esperado que volviese y...

Bella miró las lágrimas que rodaban por el rostro de su madre. Nunca la había visto llorar, era la mujer más fuerte que conocía.

–¿Te dejó?

–Peor que eso... sugirió que me fuese a Francia para ser su amante. Según él tendría mi propio apartamento y nos visitaría cuando pudiera. ¿Sabes lo que le dije? Que nunca sería una mantenida –María esbozó una sonrisa triste–. Le dije que nunca compartiría a un hombre y que era o ella o yo. La eligió a ella y luego te tuve a ti, Bella. Eres lo mejor que me ha pasado en la vida, pero no podía mantenerte. Mis padres no querían saber nada de mí y dormía en el suelo, en casa de Gina. Malvolio nos visitaba a menudo y sugirió cómo podía ganar algo de dinero... imagino que puedes imaginar el resto.

–Sí, claro.

–Llevaba unos meses trabajando para Malvolio cuando Pierre volvió. Había dejado a su mujer y quería vivir aquí, conmigo, y construir el hotel... pero entonces descubrió cómo había sobrevivido ese último año. Jamás olvidaré su expresión de rechazo, Bella.

–Pero él estaba engañando a su mujer.

–Diferentes varas de medir, así es la vida. Yo perdí al amor de mi vida y no quiero que a ti te pase lo mismo.

–Lo entiendo, pero yo no voy a perder el amor de mi vida.

–Un día conocerás a alguien ¿y qué le contarás de tu pasado?

Bella no respondió, sencillamente no podía pensar.

–¿Y Matteo Santini? Sé que siempre te ha gustado.

–No hay nada entre nosotros. Me gusta, pero dicen que es la mano derecha de Malvolio. De hecho, es él quien ha organizado la fiesta en el hotel. Pensé que era diferente, pero estaba equivocada, es tan malo como Malvolio.

–Su padre era un hombre bueno, pero cuando murió y ese bruto ocupó su lugar... –María sacudió la cabeza–. Le hacía la vida imposible y Matteo se fue a vivir a casa de Luka porque allí había comida, pero pagó un precio muy alto. ¿Te he contado lo que hizo por Talia?

–Muchas veces –Bella sonrió. Su madre conocía todos los secretos del pueblo.

–Vete mientras puedas, hija.

–Me iré cuando pueda hacerlo –respondió Bella–. Estaré aquí mientras tú estés y luego me iré.

–Prométeme eso al menos –le pidió María.

–Te lo prometo. Un día me iré a Roma con Sophie y dejaré todo esto atrás.

No quería seguir hablando de Matteo y tampoco quería saber nada más de su padre, que las había abandonado, de modo que besó a su madre en la mejilla y salió de casa, dispuesta a hacer lo que tenía que hacer.

Capítulo 8

EL VESTÍBULO del hotel estaba colmado de flores, su aroma tan dulce y enfermizo que a Matteo le recordaba un velatorio.

Cuando entró en el bar recibió saludos y palmaditas en la espalda por la puesta en libertad de su jefe. Como si él se alegrase...

–Esta noche beberemos, comeremos y... ah, veo que Pino ha llevado el mensaje –dijo Malvolio.

Matteo siguió la dirección de su mirada y su corazón dio un inesperado vuelco al ver a Bella detrás de la barra.

Con el pelo sujeto en un moño, un corto vestido negro, sandalias de tacón alto y mucho maquillaje no parecía ella. Podía ver que le temblaban las manos mientras llenaba un vaso de whisky. Había miedo en sus ojos verdes, pero intentaba disimular con una media sonrisa.

Estaba trabajando en el bar por primera vez y Malvolio la miraba con una sonrisa lasciva.

En lugar de sentarse a la mesa reservada para el invitado de honor, Malvolio entró en la barra para vigilar las cámaras que había en los ascensores y los pasillos del hotel, y luego pidió que le llevaran el libro de contabilidad.

–Pensé que esta era una noche de fiesta –dijo Matteo.

–Y así será, pero antes quiero ver cómo se han llevado las cosas.

Malvolio frunció el ceño al ver que los empleados se quedaban con las propinas.

–Trabajan más de ese modo –le explicó Matteo.

–No necesitan propinas para trabajar como tienen que hacerlo –replicó su jefe–. Eres demasiado blando con ellos. ¿Es que crees que puedes hacerlo mejor que yo?

Bella notó el tono de advertencia. No le sentaba bien que Matteo hubiera dirigido el hotel mejor que él.

–No veo a tu novia por aquí –dijo Malvolio luego mirando alrededor.

–Tina y yo hemos roto –respondió Matteo.

Tina no había sido más que una excusa para poder irse a casa por las noches y no acudir a las depravadas fiestas de Malvolio, pero con su jefe entre rejas Matteo había roto con ella.

–Mejor. Así esta noche por fin podremos verte pasándolo bien –Malvolio chascó los dedos para pedir una copa y Matteo supo que tenía que pensar a toda velocidad.

–Siempre he deseado a Bella –se le ocurrió decir.

Y ella debió escucharlo porque vio que giraba un poco la cabeza con gesto sorprendido.

Malvolio soltó una carcajada.

–Pues lo siento por ti.

Gina se acercó con un vaso de whisky.

–Te he echado de menos –mintió–. Me alegro de que hayas vuelto.

Esa noche, todo Bordo del Cielo tenía que mentir para sobrevivir.

Bella estaba enferma de miedo. Durante un año había temido esa noche y que Malvolio estuviera allí con Matteo, su nueva mano derecha, le dolía en el alma. Odiaba en lo que se había convertido el hombre al que adoraba a distancia.

Siempre oscuro y serio, algunos decían que Matteo carecía de emociones. Otros que había nacido malo como su hermano.

Bella pensaba que era diferente, pero al escuchar el lascivo comentario sobre ella había tenido que contenerse para no replicar.

En ese momento Matteo se levantó para acercarse a la barra.

–Encárgate de que siempre haya alcohol en la mesa, pero para mí solo agua. Quiero tener la cabeza despejada.

–Muy bien.

–Bella... –empezó a decir Matteo, mirándola de una forma que no entendía.

No podía contarle lo que pensaba hacer, pero le imploraba con los ojos que le siguiera la corriente.

Ella parpadeó, desconcertada. Era la primera vez que la llamaba por su nombre. Y era tan horrible que fuera precisamente esa noche.

El ruido del bar la ponía nerviosa, las miradas de los hombres enferma. Y Gina le recordaba constantemente que sonriese cuando no podía hacerlo.

–Al menos haz como si estuvieras pasándolo bien.

–¿Por qué? ¿Crees que a alguien le importa?

–No te hagas la lista –le advirtió Gina–. Llévales otra bandeja de copas y diles que la cena está casi lista. Qué raro que Malvolio no haya perdido peso en la cárcel.

Bella llevó la bandeja de copas a la mesa, intentando sonreír.

–De repente tengo hambre –dijo Malvolio, con los ojos clavados en Bella.

–Yo también –anunció Matteo. Y ella se quedó helada cuando puso una mano en su trasero.

«Por favor, que haya sido un accidente». Pero no apartó la mano; al contrario, sintió que clavaba los dedos en sus nalgas.

Tuvo que contenerse para no darle una bofetada. Había intentado prepararse para soportarlo de Malvolio, pero que Matteo la tratase así la enfurecía.

–Lo siento, pero es para mí, ¿verdad, Bella?

–Sí, claro –consiguió decir ella.

–¿Entonces dónde está lo bueno de mi nuevo puesto?

Matteo pasó una mano por sus muslos y Bella cerró los ojos al ver que Malvolio lo fulminaba con la mirada, como si no creyera tal atrevimiento.

En ese momento apareció Gina con una enorme bandeja de gambas, queso, carne asada y alitas de pollo.

–Tú sabes lo que me gusta –Malvolio se pasó la lengua por los labios mientras miraba a Bella.

No iba a molestarse con dramas y miedos esa noche. Estaba cansado y quería algo familiar, aunque nunca lo admitiría.

–Venga, llévatela –dijo entonces– antes de que cambie de opinión.

Matteo se levantó.

«No, Matteo», rogaba ella en silencio mientras la tomaba del brazo. «Así no».

La llevaba hacia la puerta cuando Malvolio lo llamó.

–¿Dónde vas?

–Fuera.

–Eres mi mano derecha –el jefe chascó los dedos y Gina le entregó a Matteo una tarjeta magnética.

–No... –empezó a decir Bella. Pero Matteo tiró de ella hacia el ascensor–. Matteo, no...

Era su peor pesadilla combinada con su mejor sueño; era peor que nada de lo que hubiera imaginado porque quien la trataba así era un hombre que le importaba de verdad.

–Sígueme la corriente, te lo explicaré luego –dijo él en voz baja–. Vas a tener que confiar en mí.

–Nunca.

Bella arrastraba los pies y en un momento incluso intentó salir corriendo.

–¡Bella! –Matteo la agarró con fuerza del brazo.

Sabía que estaban vigilándolos, así que la besó con fuerza mientras la empujaba contra la pared, pasando una mano por su falda. Ella intentó apartarlo, pero era como intentar mover un bloque de cemento.

Entraron en el ascensor y cuando Bella iba a morder su mano Matteo le dio una bofetada.

Fue una bofetada seca que la dejó inmóvil y totalmente sorprendida. Que el protagonista de sus sueños desde los dieciséis años se hubiera convertido en un monstruo era incomprensible.

Sus ojos se llenaron de lágrimas, pero él siguió besándola con fuerza hasta que llegaron al último piso.

–Buen chico –comentó Malvolio antes de volver a la mesa–. Siempre había pensado que era un poco blando, pero al parecer estaba equivocado.

Mientras Matteo la empujaba hacia la habitación, Bella pensaba exactamente lo mismo.

Capítulo 9

NO PASA nada.

Bella seguía intentando escapar, pero Matteo la apretó contra su torso en cuanto cerró la puerta.

–Ahora estamos solos.

Sus palabras no calmaron a Bella. Había soñado estar a solas con Matteo muchas veces, pero nunca en esa situación.

Le dolía la mejilla y el brazo que seguía apretando, pero él intentaba calmarla como si no pasara nada.

–¡Creí que eras diferente! –gritó, intentando empujarlo.

–No vamos a hacer nada. Sabía que Malvolio estaba vigilándonos a través de las cámaras, así que he tenido que hacerme el duro, pero no voy a hacerte daño. No voy a tocarte siquiera.

Pero tuvo que hacerlo por última vez. Prácticamente tuvo que empujarla sobre la cama, donde Bella se quedó sentada, en silencio.

Empezaba a respirar con normalidad, a entender sus palabras. Ella sabía que había cámaras en los pasillos y que Malvolio vigilaba a su gente como un halcón, pero en las habitaciones no había ninguna.

La mirada de Matteo en el bar, su actitud cuando salieron de él, todo empezaba a tener sentido. Había intentado alejarla de Malvolio.

–Podrías habérmelo dicho.

–Intenté hacerlo.

–Pues deberías haberlo hecho mejor –le espetó ella.

–¿Qué querías, que subiéramos a la habitación de la mano? Siento haberte pegado, pero si hubieras salido corriendo... bueno, tú sabes lo que habría pasado.

Bella empezaba a entenderlo y, suspirando, miró alrededor. Conocía esa habitación porque ella misma la había limpiado. Era un hotel barato, pero cualquier sitio era lujoso para ella.

La noche era sofocante y el ventilador del techo sobre la cama estaba encendido.

–¿Quieres que lo apague? –preguntó él.

–¿No se supone que eso tienes que decidirlo tú?

–Ya te he dicho que no.

–¿Entonces solo vamos a esperar aquí?

–Sí.

Esperaba que eso fuera un alivio, incluso que le diera las gracias, pero en lugar de eso Bella soltó una risotada incrédula.

–Ah, Matteo, mi salvador. ¿No te das cuenta de que solo has conseguido retrasar lo inevitable? ¿Cómo va a ayudarme esto?

–No tienes que... –Matteo no terminó la frase.

En aquel pueblo a menudo no había elección–. Podrías irte esta misma noche. He oído que Sophie se marcha a Roma para estar cerca de su padre y podrías irte con ella. Yo fingiré que me quedé dormido después de hacer el amor...

–Ah, claro, y así seré pobre y sin techo en Roma.

–No lo serás durante mucho tiempo –replicó él–. Encontrarás trabajo.

–No puedo... no puedo irme.

–¿Te apetece beber algo?

–¿No querías tener la cabeza despejada?

–Es lo último que deseo ahora mismo.

Lo ponía enfermo ver la marca en su mejilla y el vestido rasgado. Y el miedo que había notado en su voz aún hacía que su corazón latiese desbocado.

Aunque no lo demostraba.

Matteo abrió la botella de vino y sirvió dos copas. Cuando le ofreció la suya sus dedos se rozaron y Bella asintió con la cabeza, tal vez para darle las gracias porque sabía que solo había intentado ayudarla.

Pero no había forma de hacerlo.

Salió al balcón y se quedó un momento allí, mirando el cielo oscuro. Unos segundos después, Matteo se reunió con ella y Bella se giró un poco para ofrecerle una tímida sonrisa.

–África solo está a unos cientos de kilómetros, ahí mismo –murmuró, señalando en la oscuridad–. Ahí está Kélibia, en Túnez. Siempre había pensado que podría escapar por allí.

–Puedes hacerlo –dijo Matteo–. Bueno, no puedes ir nadando hasta Kélibia, pero todo el mundo está en el bar, así que podrías irte esta noche.

–No puedo dejar a mi madre. No quiero dejarla.

–¿Prefieres esta vida?

–Nadie quiere este tipo de vida –replicó Bella–. ¿Pero qué sabes tú? Tú eres uno de ellos.

Matteo no solía decir mucho a menos que tuviera que hacerlo. No, no iba a decirle que sabía más de lo que debería. Y tampoco iba a revelarle que tenía un billete para salir de aquel infierno, pero decidió contarle algo de su pasado, con la esperanza de convencerla para que se fuera.

–Una vez intenté marcharme de aquí. Fue hace un par de años, la noche de la fiesta de Natalia. Esperaba que Malvolio estuviese ocupado y no se diera cuenta hasta que fuera demasiado tarde...

–Recuerdo esa noche –lo interrumpió Bella, aunque no le dijo por qué la recordaba.

–Cometí el error de decirle a Dino que estaba harto y quería marcharme y él se lo contó a Malvolio –Matteo se quedó callado durante largo rato–. Llegué hasta las afueras del pueblo e intenté hacer autostop, pero nadie me paraba hasta que...

Como esa noche, intentó no mostrar el miedo que lo había atenazado al ver el coche rojo deteniéndose a su lado. Cuando Malvolio bajó la ventanilla y vio el brillo de una pistola bajo su chaqueta pensó que iba a morir allí mismo.

–¿Malvolio? –le preguntó Bella.

Él asintió.

–¿Y qué hizo?

–Me dijo que subiera y me llevó a cenar. Ya sabes cómo le gusta fingir que es un hombre razonable, pero sabía que si le contaba la verdad estaría perdido. Si le pedía perdón o empezaba a suplicar también estaría perdido, así que en lugar de mostrar miedo me puse furioso.

Bella frunció el ceño. No lo imaginaba asustado, pero él mismo había admitido que lo estaba. Y tampoco podía imaginar a nadie retando a Malvolio sin sufrir las consecuencias.

–Le dije que estaba harto de ser tratado igual que los demás, que era mayor, más inteligente y más leal que el resto. Le dije que quería ganar más dinero que los demás y ser tratado con mayor respeto.

–¿Y se lo tragó?

–En parte –respondió Matteo–. Ahora me envía un sastre de Milán una vez al año. Por eso Malvolio viste como un jugador de golf y yo parezco una estrella de fútbol.

Bella rio y Matteo se dio cuenta de que también él estaba sonriendo.

–Me gusta cómo vistes. Pero claro, a mí me encanta la moda.

El escalofrío que sintió en ese momento no era de miedo ni producto de un golpe de viento sino porque estaba sola con él y su voz era tan profunda, tan masculina.

–Pero no confía en mí del todo –admitió él entonces–. Y hace bien.

–¿Por qué me estás contando esto?

–Te lo cuento porque sé lo difícil que es salir de

aquí. Hay pocas oportunidades de hacerlo... la noche de la fiesta de Natalia esperaba que fuese la mía, pero esta noche puede ser la tuya.

—Esa noche, en la fiesta, yo estaba esperándote.

—¿Por qué?

—Me gustas desde hace mucho tiempo —admitió Bella.

Matteo frunció el ceño. Estaba acostumbrado a ser admirado por las mujeres, pero que ella lo admitiese con tanta candidez lo sorprendió.

—¿Ah, sí?

—¿No lo sabías?

—No.

—¿Crees que siempre estoy colorada? —Bella rio—. Entonces también debes pensar que tartamudeo.

—Yo nunca... —Matteo estaba a punto de decir que no se había parado a pensarlo, pero se encontró sonriendo—. Sí, había notado que te ruborizabas, pero pensé que era por timidez.

—No soy tímida, pero se me traba la lengua cuando te veo.

—Ahora no se te traba.

Era cierto. Tal vez porque estaba hablando con el hombre que siempre había creído que era.

—Pero sigo ruborizándome.

El flirteo fue inesperado, bienvenido y sorprendente a la vez. Bienvenido para su cuerpo, pero no para su cabeza porque la había llevado allí para evitar eso.

—No tienes que hacerlo, Bella.

–¿Hacer qué?

–Ya sabes.

Cuando el teléfono de la habitación empezó a sonar Bella esbozó una sonrisa triste.

–Ahora querrán saber por qué no bajas. Ya deberías haber terminado.

Matteo levantó el teléfono y Bella cerró los ojos cuando le dijo a Gina que iba a quedarse toda la noche, que le diera el mensaje a Malvolio. Por las ventanas abiertas les llegaron los gritos de celebración desde el bar.

–Entra –dijo Matteo.

–¿Para qué? ¿Para comernos los frutos secos y beber el vino barato del mini-bar? Eso solo retrasaría lo inevitable. ¿No entiendes que no me estás salvando? No soy Talia con los niños, dispuesta a salir huyendo de una casa en llamas.

–¿Cómo lo sabes? –Matteo frunció el ceño–. Talia no se lo contaría a nadie.

–Salvo a su marido –respondió Bella. Y luego sonrió al ver que hacía una mueca–. Mi madre lo sabe todo. Los hombres le cuentan cosas que no le contarían a nadie más –le explicó, suspirando–. Mañana por la noche tendré que volver a trabajar... ¿y entonces qué? Me dolerá aún más que si hubiera sido contigo.

–No hables así.

–¿Por qué no? Es la verdad. Por favor, no vuelvas a sugerir que me vaya de aquí. Si quieres ayudarme...

Bella miró el Mediterráneo, la ruta de escape

que en su fuero interno siempre había sabido imposible, pero que al menos mantenía vivas sus esperanzas. Esa noche podría tener una parte de su
sueño. Esa noche, aunque solo fuera un poco, uno
de sus deseos podría hacerse realidad.

—Podrías hacerme el amor. No quiero que mi
primera vez sea con un desconocido...

Matteo cerró los ojos.

—No digas eso.

—Sé cómo va a ser mi futuro, pero me gustaría
que la primera vez fuese diferente.

—¿Quieres que te prepare para otros? —Matteo
hizo una mueca.

—Sí, pero también quiero que me enseñes lo maravilloso que puede ser.

—Debería ser así siempre.

—No para alguien como yo —le recordó ella. Y no
estaba haciéndose la mártir, sencillamente sabía
que era así—. ¿Eres un amante considerado?

Matteo sonrió porque la pregunta lo había pi-
llado por sorpresa.

—No.

—Entonces no es mi noche de suerte —Bella se
encogió de hombros.

¿Por qué su candidez lo hacía sonreír? Hablaba
del tema con descarnada sinceridad, tal vez gracias
a las conversaciones con su madre y, sin embargo,
le parecía tan ingenua.

—A lo mejor podría ser como Gina, solo disponible para ti como ella lo está solo para Malvolio.

Matteo la miró con sus ojos grises casi negros.

Estaba a punto de decirle la verdad, que por la mañana se habría ido de Bordo del Cielo.

Pero era demasiado peligroso.

—Eso no va a pasar.

—¿Entonces solo tenemos esta noche? Podríamos reescribir la historia.

—¿Cómo?

—Imagina que fuiste a la fiesta de Natalia. Podríamos bailar como hubiéramos bailado esa noche...

—Yo no bailo.

—Yo tampoco —Bella dejó su copa sobre una mesa y se acercó para echarle los brazos al cuello.

Era la última noche de Matteo en Bordo del Cielo, con Túnez a lo lejos como un sueño. Tal vez esa noche podrían bailar, hacer el amor; podría darle todo lo que ambos querían.

—Ven —murmuró, tomando su mano para entrar en el dormitorio.

Cerró las ventanas y puso algo de música para ahogar los ruidos del bar, pero dejó las cortinas abiertas para que los bañase la luz de la luna.

Bella había soñado tantas veces con el momento en el que Matteo Santini la tomaría nerviosa y emocionada entre sus brazos...

Había dejado una marca en su mejilla y Matteo volvió a tocarla con sumo cuidado.

—Mañana tendrás un cardenal.

—Era para que Malvolio te creyese, ¿verdad?

Malvolio no hubiera creído lo que estaba pasando en ese momento, pensó cuando sus labios rozaron los de Bella.

Nadie creería que el serio y frío Matteo Santini pudiera besar con tanta dulzura. El roce de sus labios era ligero como una pluma, aunque podía notar la tensión que intentaba contener.

Era, decidió Bella, su primer beso, porque el beso brusco contra la pared del ascensor no contaba.

Apenas ejercía presión con los labios, pero cuando se apartó estaban tan rojos como los suyos.

—Ahora llevas carmín —dijo Bella. Y Matteo la besó de nuevo, apasionadamente, hasta que sus caras estaban manchadas de rojo.

Los cómos y porqués que los habían llevado hasta ese momento dejaron de importar mientras bailaban por primera vez, encendiéndose el uno al otro.

Bella imaginó que tenía dieciséis años y él había ido a la fiesta de Natalia, que no estaba en la carretera, intentando escapar de Bordo del Cielo.

—La calle estaba preciosa, los árboles llenos de lucecitas... —le contó en voz baja todo lo que se había perdido.

Estaba sin aliento. Sus pechos parecían haber crecido bajo el sujetador y él debió notarlo porque levantó una mano para acariciarlos.

—¿Qué llevabas puesto esa noche? —le preguntó mientras ella apoyaba la cabeza sobre su hombro y cerraba los ojos.

—Me había hecho un vestido de color avellana —respondió Bella.

—¿Lo hiciste tú?

–Lo hice pensando en ti y no sabes lo bonito que era. Me maquillé por primera vez esa noche, pero cuando salía de casa mi madre me hizo lavarme la cara. Le dije que eso no tenía sentido viniendo de ella...

–¿Y qué te dijo?

–Que si le gustaba a un chico no habría necesidad de maquillaje –Bella levantó la cabeza para mirarlo a los ojos–. Entonces me preguntó quién era.

–¿Y se lo contaste?

–Sí, se lo conté. Y ella me dijo que tuviese cuidado, pero que tal vez no eras tan malo como tu hermanastro...

Matteo apretó su trasero, empujándola hacia él. No era solo algo físico. Bella se sentía más cerca y segura de lo que nunca se había sentido con otra persona. Adoraba a su madre, pero gracias a su estilo de vida nunca había sabido lo que era sentirse segura del todo.

Esa noche, por primera vez, se sintió así.

Bailaba apoyada en él mientras Matteo la besaba. La tela del vestido era fina, pero odiaba el sujetador con relleno que no le permitía notar el roce de sus dedos, así que tiró hacia abajo de los tirantes y cerró los ojos mientras él se lo quitaba, convencida de que iba a llevarse una desilusión.

No pareció que fuera así. Matteo acarició uno de sus pezones con la yema del pulgar y luego enterró la boca en su pelo para decirle al oído:

–No me gusta ese olor a perfume barato.

–A mí tampoco.

–Entonces, vamos a librarte de él.

Después de abrir el grifo de la bañera le quitó el vestido y bailaron durante un rato hasta que se llenó. Bella, en ropa interior y tacones, Matteo aún con el traje.

Por fin, se quitó la chaqueta y remangó su camisa para comprobar que el agua estaba a buena temperatura antes de tomar su mano para sentarla al borde de la bañera.

No levantó la mirada mientras le quitaba el liguero y deslizaba las medias por sus piernas, pero notó que jadeaba mientras le quitaba las sandalias. Cuando besó el interior de un pálido muslo, a Bella le temblaban las piernas. Levantó su trasero del borde de la bañera para bajarle las braguitas y el liguero y se arrodilló frente a ella para admirar su desnudez.

El baño estaba caldeado, lleno de vaho. Con las piernas abiertas y la garganta cerrada, Bella deseaba que la besara *allí*. Aunque sabía que si lo hacía perdería la cabeza porque el simple roce de sus dedos hacía que se estremeciera.

Matteo se levantó y tomó su mano para ayudarla a meterse en la bañera.

Hundida en el agua hasta los hombros, Bella no dejaba de mirarlo mientras se desvestía.

–¿Vienes?

–Claro –respondió él–. Quiero estar contigo.

Suspirando de impaciencia, Bella apoyó la cabeza en el borde de la bañera y él respondió con una media sonrisa.

Nunca lo había visto sonreír así. Normalmente era frío, su rostro inexpresivo y sus ojos siempre tras unas gafas de sol. Si sonreía alguna vez era un gesto arrogante o de triunfo, pero esa noche su sonrisa era cálida, sensual, y solo para ella.

Se desnudó lentamente y eso le gustó. Matteo nunca había sido paciente o tierno, pero esa noche lo era.

Cuando se quitó la camisa deseó tocar sus planas tetillas oscuras como él la había tocado a ella. Pronto estarían tocándose, pero por el momento se contentaba con admirar su belleza masculina. Incluso sus brazos, de bíceps marcados, la excitaban. Pero entonces vio una larga cicatriz en su espalda.

–¿Qué pasó?

–Una pelea –respondió él–. Pero no quiero hablar de eso.

Se quitó calcetines y zapatos con menos cuidado y Bella sintió un cosquilleo entre las piernas mientras esperaba que se desnudase del todo.

Matteo se quitó el cinturón con gran lentitud. Bajo la tela del pantalón podía ver el bulto de su erección y tuvo que clavarse las uñas en las palmas de las manos mientras lo veía bajar la cremallera.

Estaba sin respiración.

El baño parecía más pequeño de repente; sus hombros y su cara, fuera del agua, estaban húmedos.

Pero tenía la boca seca.

Se pasó la lengua por los labios cuando por fin se desprendió de los calzoncillos. Matteo no se molestó en colgar el resto de la ropa, la dejó tirada en el suelo.

Vestido era impresionante, pero desnudo era la perfección.

Los cuádriceps marcados, los muslos fuertes, largos... serían suyos más tarde, pero en lo único que podía concentrarse en ese momento era en su erección. Impresionante, oscura, larga y creciendo por segundos. Bajo las burbujas, Bella apretó los puños y levantó las rodillas, pero no solo para hacerle sitio. Era un movimiento instintivo para controlar la quemazón entre las piernas.

Era tan alto y había llenado tanto la bañera que el agua rezumó por el borde.

—No queremos inundar el baño —le advirtió Bella.

Matteo la colocó entre sus piernas, aprisionándola como un torno.

—Podríamos terminar cayendo al bar —dijo, riendo. Y era la primera vez que lo oía reír así.

Seguramente nadie lo había oído reír y eso la entristeció, pero él malinterpretó su expresión.

—¿Tienes miedo?

Bella negó con la cabeza. ¿Cómo iba a tener miedo con Matteo mirándola a los ojos y sujetándola con las piernas? No había sitio para el miedo esa noche.

Él miró sus manos, pálidas y finas, y tomó una esponja cuando ella quería que la besara. Se inclinó hacia delante, pero Matteo echó la cabeza hacia atrás.

–Paciencia, Bella.

–No tengo ninguna contigo.

–Pues voy a enseñarte. Ven aquí, pequeño panda...

Empezó a limpiarle el maquillaje con la esponja. El carmín había desaparecido con sus besos y Bella cerró los ojos mientras le quitaba el *eye liner* y el rímel, devolviéndole el aspecto de la inocente chica de dieciocho años que era.

Era tierno y, sin embargo, tan sensual que no podía estarse quieta, de modo que alargó una mano para acariciar sus muslos mientras intentaba contener el deseo de tocarlo más íntimamente.

Matteo volvió a meter la esponja en el agua y, mientras le quitaba los últimos restos de maquillaje, Bella rozó con los dedos su dura erección. Vio que apretaba los labios y, con los ojos, le dijo que no había sido un accidente.

Animada, empezó a acariciarlo con las dos manos mientras él seguía con su misión de despojarla de su armadura.

Matteo tenía que hacer un esfuerzo para no dejarse llevar; le costaba concentrarse en lo que estaba haciendo y cuando Bella empezó a acariciar sus testículos estuvo a punto de perder la cabeza.

Su sonrisa era pura decadencia y también la de él mientras la empujaba suavemente hacia atrás, dejándola flotar un momento. Bella tuvo que soltar el tesoro que tenía entre manos cuando Matteo se colocó sus piernas abiertas sobre los hombros... y para él, aquel paisaje era una pura tentación.

Bella apoyó los brazos en los bordes de la bañera cuando tiró hacia delante de sus caderas para hacerla sentir su erección, con un innegable brillo de deseo en los ojos.

Matteo había querido ir despacio, tomarse su tiempo mientras la enjabonaba, pero después de haber visto su rosada flor era él quien no tenía paciencia.

Salió de la bañera y la tomó en brazos para llevarla al dormitorio.

Quería hacerla suya, pero antes tenía que saborearla, de modo que se arrodilló en el suelo y tiró de sus caderas hacia delante.

Bella estaba mareada. El ventilador enfriaba su cuerpo mojado y, sin embargo, su sexo estaba ardiendo mientras Matteo abría sus piernas para ponerlas sobre sus hombros. Separó sus íntimos labios con los pulgares para exponerla indecentemente a su ardiente mirada...

No fue ni lento ni tierno a partir de ese momento. Podría haber besado el interior de sus muslos, podría haber seguido comiéndosela con los ojos, pero un repentino gemido de deseo y frustración de Bella, un sollozo con el que daba su consentimiento hizo que enterrase la cara entre sus piernas.

Nada podría haberla preparado para la sensación de su boca. Estaba húmeda, no solo del baño o de su lengua sino de su propio deseo.

Enterró los dedos en su pelo, apretándolo y empujándolo a la vez mientras su cabeza se movía de un lado a otro sobre la almohada.

Matteo siguió acariciándola, provocando un río de lava mientras le hacía el amor con la boca.

Se habría sentado si no estuviera a punto de caer al abismo. Gritaría si pudiese hacer funcionar su garganta.

Cuando Bella terminó, él estuvo a punto de hacerlo también.

Sentir su pulso latiendo en su boca había hecho que tuviera que tocarse a sí mismo. Estaba muy cerca, pero se detuvo porque sabía que lo esperaba más y mejor placer.

Sin dejar de saborearla, abrió el cajón de la mesilla donde sabía que había preservativos convenientemente guardados.

—No los necesitamos...

Bella había empezado a tomar la píldora porque sabía que ese momento iba a llegar.

—Pero siempre debes...

—Contigo no. Esta noche es de los dos —lo interrumpió ella.

Y Matteo no discutió porque no era capaz de hacerlo.

La besó de nuevo, su boca húmeda de ella, su miembro rígido mientras rozaba su entrada. Se apoyó en el colchón con una mano para sujetarse, para tener más precisión.

Aunque Matteo fue extremadamente delicado, su invasión provocó un intenso dolor y Bella dejó escapar un sollozo. Pero se entregó al momento, jadeando mientras intentaba aclimatarse, pensando que el dolor daría paso al placer.

Sin dejar de sujetarse al colchón con la manos, Matteo se enterró del todo. Si se hubiera colocado

encima Bella se habría apartado o lo habría empu-
jado porque el dolor era intenso.

Sabía que estaba haciéndole daño, de modo que
esperó, con una paciencia que no creía poseer, hasta
que notó que empezaba a relajarse.

Asintiendo con la cabeza, Bella buscó sus labios
para darle las gracias con un beso y relajó los dedos
que había clavado en sus hombros.

Era increíblemente considerado. Cuando se ponía tensa iba más despacio, cuando gemía, persistía
y persistía hasta que el placer parecía a punto de
llevarla a un sitio exquisito y desconocido.

Bella besó su cuello durante unos segundos,
pero tuvo que apartarse para buscar oxígeno. El
orgasmo era tan intenso, tan interminable... pensaba que había terminado del todo cuando un movimiento calculado de Matteo la llevó de nuevo a la
cima y dejó escapar un grito de placer.

Le encantaba esa faceta de él, entre la pasión
desatada y la consideración, mientras buscaba su
propio placer y luego el temblor de su cuerpo
cuando se derramó en ella, provocando un nuevo
orgasmo. Bella sencillamente se dejó caer, sujetán-
dose a él hasta que volvieron a la tierra juntos, be-
sándose, perdidos el uno en el otro después de haber escapado de la realidad por un momento.

Hicieron el amor durante toda la noche, deteniéndose para charlar, conociéndose un poco más.
Cada momento contaba.

Él dijo que le gustaría haberla visto con el vestido que se hizo para la fiesta.

–Sigo teniéndolo –le contó Bella.

–Seguro que te queda muy bien.

Le gustaría, cuánto le gustaría, que dijese que pronto lo vería. Que tal vez más tarde, cuando no estuviera trabajando, podrían salir juntos y ella se pondría el vestido.

Pero Matteo no dijo nada y Bella empezó a entender las palabras de su madre.

Su sitio estaba en el dormitorio, pensó, intentando disimular el dolor.

–Si cortas bien una tela, cualquier figura puede resultar preciosa. Intenté hacer un curso de diseño, pero... en fin, tal vez no sea tan buena como yo creo.

–Seguramente eres mejor.

–¿Qué harías si pudieras hacer cualquier cosa? –le preguntó ella entonces.

Estaba a punto de descubrirlo porque en unas horas se habría ido de allí para siempre, pero no se lo dijo.

Las primeras luces del amanecer empezaban a iluminar la habitación. Estuvieran preparados o no, la mañana se abría paso y Matteo saltó de la cama para abrir las ventanas.

La fiesta en el bar había terminado. Bordo del Cielo estaba en silencio y el único sonido era el del mar.

–Me encanta este sitio. Sé que hay muchas cosas malas aquí, pero también hay tanta belleza –dijo Bella. Luego le habló de los antiguos baños árabes, que eran su lugar favorito en el mundo–. A veces imagino que vivía entonces, cuando los baños funcionaban.

–Nunca he estado allí –admitió Matteo.

–Podríamos ir –sugirió ella, intentando convencerse a sí misma de que la noche anterior había sido algo real, que no iba a terminar en unos minutos–. Podríamos hacer una merienda, pasar el día explorando...

–¿Una merienda? –repitió él, irónico. Él no era hombre de «meriendas».

–Podríamos imaginar...

Bella estaba mirando por la ventana con gesto soñador y se le encogió el corazón porque, de repente, empezó a imaginarse en un sitio en el que nunca había estado, explorando con Bella, pasando el día solo con ella.

–¿Hay una vista más bonita?

En lugar de responder, Matteo se dirigió al cuarto de baño.

No era una vista para morir. Ni para matar por ella.

Después de ducharse, su intención era vestirse y marcharse de allí. No sabía cómo dejar a Bella, pero no podía quedarse.

Quería ser alguien. Estaba harto de esa vida de delitos y depravación y sabía que a partir de aquel día su papel al lado de Malvolio sería más importante. Él quería un futuro perfecto, limpio, apartarse completamente de su pasado.

Pero en lugar de vestirse se puso una toalla a la cintura y volvió al dormitorio, donde Bella seguía admirando el paisaje desde la cama.

Su pelo, normalmente liso, estaba enredado y aún le quedaba una mancha de rímel bajo los ojos. Y lo esperaba con una sonrisa en los labios.

Aquel fue un momento que Matteo cuestionaría más tarde porque en lugar de vestirse y marcharse, dejó caer la toalla para meterse en la cama y la tomó entre sus brazos.

Sería su última vez. Si volvía a Bordo del Cielo, habría una bala esperándolo, de modo que se quedó allí, pensando durante largo rato, en silencio.

Lo único que había querido era una noche perfecta y la tenía, pero eso hacía que el futuro pareciese más gris. Sabía que estaba rompiendo el pacto que habían hecho, una sola noche de amor.

Matteo le había dado más de lo que había pedido y ella tenía que aceptarlo cuando se despidiera.

Bella lo exploraba distraídamente con las manos, acariciando su estómago plano... el roce de sus dedos lo excitaba de nuevo y cuando empezó a besar su torso Matteo la detuvo.

–Bella, tengo que irme... pero antes tenemos que hablar.

–Sé que tienes que irte.

Fue esa aceptación, que no hiciese demandas, que lo besara aunque acababa de decirle que iba a marcharse, lo que hizo que se decidiera.

Le daba igual que fuese ilógico sentir aquello después de una sola noche. Lo único que sabía era que no podía dejarla atrás, como ella no podía dejar a su madre.

Bella se deslizó hacia abajo para rozar su miembro con la boca.

–Bella... vas a irte conmigo.

Ella rio. Su cabeza no estaba en la conversación. Ella no sabía que Matteo tenía planes de marcharse del pueblo y siguió con su ardoroso beso mientras él ponía las manos sobre su cabeza.

–No, eres tú quien va a irse.

Sabía a jabón, a limpio. Bella levantó la mirada y lo encontró mirándola mientras lo tomaba profundamente en su boca.

Lo exploró tentativamente con la lengua, temiendo rozarlo con los dientes, pero él empujó su cabeza hacia abajo.

–Así... –murmuró.

Bella agarró su erguido miembro mientras seguía acariciándolo con la lengua. Recordaba cómo la había devorado él por la noche y, envalentonándose, empezó a hacer lo mismo.

Se puso de rodillas para chuparlo mientras él jugaba con sus pechos, pellizcándolos, presionando su cabeza suavemente con la mano... hasta que dejó de intentar guiarla y aceptó el raro placer de una boca inexperta, pero dispuesta.

El géiser de lava la tomó por sorpresa; un gemido ronco y un empujón como única advertencia. Bella lo tenía temblando en su mano mientras chupaba y lamía... y eso hizo que el orgasmo fuera más intenso.

–Bella... –murmuró cuando volvió a tumbarse a su lado. Se alegraba de que no pudiera ver su desconcertada expresión–. Me marcho esta mañana y tú vas a venir conmigo.

–Yo...

No esperó que dijese que no podía, no iba a permitírselo.

–Y tu madre también. Nos vamos de Bordo del Cielo.

Capítulo 10

BELLA miraba la vía de morfina en el brazo de su madre, recordando esa mañana y la ilusión con la que había vuelto a casa.

Que Matteo hubiera dicho que María podía ir con ellos había sido tan importante para ella. El amor que sentía por su madre era parte de Bella y que aceptase a su madre por lo que era cuando tantas veces la habían despreciado era algo que nunca olvidaría.

Le dolía la espalda de estar sentada en la silla todo el día y parte de la noche, pero después de tres meses luchando por su vida, su madre por fin se había rendido y estaba apagándose poco a poco.

Una enfermera entró en la habitación y Bella levantó la mirada.

–Tienes una llamada de teléfono. Puedes ir a la oficina, yo me quedaré con tu madre. Dentro de poco hay que cambiarle la vía.

Bella sabía que la próxima dosis de morfina probablemente sería la última. No quería dejar a su madre ni por un momento, pero quien llamaba debía ser Sophie porque el día anterior se había confirmado la condena de Paulo.

–Lo siento mucho –dijo Bella–. Lo he visto en las noticias...

–Lo han condenado a cuarenta y tres años –la interrumpió Sophie, entre lágrimas–. No saldrá de la cárcel.

–Lo sé. ¿Cómo se lo ha tomado?

–No deja de llorar. Está muy débil y desconcertado, y yo estoy preocupada. Le he dicho que Luka está en Roma conmigo, que cuida de mí.

–Al menos no tendrá que preocuparse por ti, aunque no sea verdad.

–He encontrado trabajo en un hotel. No te puedes imaginar el lujo... ¿cómo está tu madre? –le preguntó al ver que no respondía.

Bella no podía hablar.

–Creo que está a punto de morir.

–Entonces tienes que hacer planes.

–Lo sé. Después del funeral...

–No puedes quedarte allí. Si lo haces, no podrás marcharte nunca.

Bella sabía que tenía razón. No había ido a trabajar en todo ese tiempo porque su madre la necesitaba a su lado, pero Malvolio empezaba a impacientarse.

–Tengo que irme –dijo Sophie–. Estoy usando un teléfono del trabajo y me meteré en un lío si me pillan. Te llamaré en cuanto pueda.

Cuando Bella volvía a la habitación de su madre vio a Malvolio en el pasillo. Iba al hospital de vez en cuando, más por vigilarla a ella que por verdadero interés por María.

–La enfermera me ha dicho que estabas hablando por teléfono.

–Con una amiga –Bella se encogió de hombros–. Quería saber cómo estaba mi madre.

–Matteo ha llamado antes a Dino.

–Ese bruto –murmuró Bella, haciendo su papel.

Malvolio, que se había quedado atónito cuando su hijo y su mano derecha escaparon de Bordo del Cielo, la había interrogado a ella. La marcha de Sophie le daba igual, pero se había tomado como un insulto personal que Luka y Matteo hubieran decidido vivir su vida lejos de allí.

–Matteo ha preguntado por ti –le dijo. Bella se encogió de hombros. Su corazón latía acelerado, pero sabía que era importante disimular–. Dino no le ha dicho nada sobre tu madre porque no sabía si querrías contárselo. Le ha dicho que estabas trabajando en el bar.

Malvolio seguía decidido a encontrar el talón de Aquiles de Matteo y Bella tuvo que hacer un esfuerzo sobrehumano para disimular.

–Y también le ha dicho que lo está pasando muy bien contigo.

Matteo le había dicho que no debía revelar que le importaba, pero se preguntó cómo habría reaccionado ante las palabras de su hermanastro.

–Perdona, tengo que atender a mi madre.

–Me han dicho que no está bien. ¿Cuánto tiempo lleva aquí?

Bella entendió perfectamente lo que quería decir: llevaba demasiado tiempo fuera del bar.

–Tres meses –respondió.

–Eso es mucho tiempo para estar sin trabajar. Sé que debe preocuparte el coste del funeral, pero yo me encargaré de todo... tu madre merece una despedida digna.

El funeral de María sería su primera deuda con Malvolio.

–¡Bella!

La enfermera que estaba cambiando la vía a su madre la llamó para que entrase en la habitación y ella entendió por qué; María estaba agonizando.

Bella abrazó a su madre para agradecerle su amor, dejándola que fuera apagándose envuelta en su cariño. Y después se quedó sentada a su lado, sabiendo en su corazón que entendería por qué no iba a quedarse a su entierro.

–Si lo hago nunca podré marcharme –murmuró.

Malvolio mantenía a las chicas tan cansadas que no podían pensar. Y si estaban demasiado cansadas para trabajar siempre podía darles una pastilla para que se animasen.

–Te quiero mucho –le dio un último beso en la frente y se puso en el dedo el anillo de oro que era su única joya–. Haré todo lo que pueda para conservarlo.

Aunque lo vendería si tuviera que hacerlo porque, aparte de la ropa que llevaba, no tenía nada.

Durante los tres meses que había vivido en una silla al lado de la cama, las comidas en la cafetería y las cremas y productos de aseo para su madre se habían llevado el dinero que Matteo le había dado.

–Bella... –la enfermera volvió a entrar en la habitación–. Tu amigo ha preguntado cuánto tiempo tardarías.

–¿Mi amigo?

Cuando la puerta se abrió del todo vio a Malvolio en el pasillo, con Dino detrás. Pensaba que se había ido a casa... o más bien, con su madre agonizando, se había olvidado de él.

–Vamos, Bella. Te llevaré a casa.

La enfermera se había ido, pero aunque hubiera estado allí poco podría haber hecho.

Y las lágrimas que rodaban por su rostro mientras Dino la acompañaba por el pasillo no eran solo por la muerte de María.

Había perdido su única oportunidad de escapar de Bordo del Cielo.

Después de tres meses de ausencia, Bella entró en la casa que había compartido con su madre. Las vecinas se habían encargado de limpiarla y había flores frescas del jardín sobre la mesa.

Los funerales sicilianos eran algo que se tomaba muy en serio.

Esa tarde tendría lugar una misa por el alma de su madre, que sería enterrada al día siguiente.

Y el día después Bella tendría que trabajar en el bar del hotel.

La única persona que podría ayudarla era Matteo, pero no sabía cómo ponerse en contacto con él.

Lo único que sabía era que se había ido a Londres con Luka.

Pero entonces recordó que, en lugar de esperar que Dino fuese a buscar el dinero del alquiler, su madre a veces llamaba a Matteo.

Bella sacó la agenda de un cajón y allí, con la letra de María, estaba su nombre.

Marcó el número con mano temblorosa, pero no había conexión y tardó un momento en darse cuenta de que en su ausencia les habían cortado el teléfono.

Sylvia, una vecina amiga de su madre, llegó unos minutos después y se ofreció a acompañarla a la iglesia.

—Y vendré a buscarte mañana a las siete para el entierro.

—A las siete —repitió Bella.

—Va a ser un día muy duro para ti, pero te ayudaré a arreglar la casa para recibir a la gente.

Bella fue a su habitación para ponerse un vestido negro y luego entró en el dormitorio de su madre para tomar prestado un velo. Había tenido tres meses para acostumbrarse a la idea de que su madre iba a morir, pero todo le parecía irreal.

Cuando entró en la habitación y vio que todo estaba igual, su ropa colgada en el armario, las fotos, su cepillo de plata y los frascos de perfume, sintió como si su madre siguiera allí con ella, como si pudiera verla tumbada en la cama.

—Bella —la llamó Sylvia— es hora de irnos.

La iglesia estaba llena de gente. Las mujeres la saludaron con los labios fruncidos y sus maridos no la miraban a los ojos, sabiendo cuántas veces los había visto entrar en casa por la noche.

Fue una misa larga que Bella soportó como pudo, demasiado entumecida de dolor como para llorar y demasiado asustada por lo que ocurriría al día siguiente.

Cuando el servicio religioso terminó, se quedó un momento para rezar, pero una vez de vuelta en casa se tumbó en la cama de su madre, con el número de teléfono de Matteo en la mano, esperando que se hiciera de noche.

Cuando por fin atardeció, salió de casa para buscar una cabina.

—¿Bella?

Dio un respingo al escuchar la voz de Malvolio. Había esperado que estuviese en el bar.

—¿Dónde vas?

—A dar un paseo —se apresuró a responder.

—Podría ir contigo.

—Pensaba volver a la iglesia. Quiero quedarme un rato con mi madre y rezar por su alma. Mis oraciones le harán falta.

Esa última frase no pareció gustar a Malvolio, que se aclaró la garganta con gesto tenso. Ah, aún temía a Dios.

Y por buenas razones, pensó mientras lo veía alejarse.

Bella se quedó un buen rato en la iglesia, temblando ante la enormidad de lo que iba a hacer. Pero, segura de que contaba con la bendición de su madre, le dio un último beso y volvió a casa.

Sabía que Malvolio estaba vigilándola. La vería en la estación si intentaba tomar un tren y recordó lo que le pasó a Matteo cuando intentó escapar por la carretera.

Solo había una salida.

Bella tomó el cepillo de plata de su madre, uno de sus frascos de perfume y el anillo de oro. Eso era todo lo que tenía en la vida.

Después de una última mirada alrededor salió de su casa, aunque esa noche lo hizo por la ventana de la cocina. Se dirigió a la carretera, con el mar a un lado y flanqueada por un bosque al otro; un bosque que ella conocía bien porque muchas noches iba allí, cuando su madre recibía hombres en casa, para estar sola.

La oscuridad no la asustaba, al contrario; en ese momento era su aliada escondiéndola mientras corría, los gigantes árboles haciendo de escudo hasta que por fin llegó a los antiguos baños árabes.

Se detuvo para respirar un momento y admirar aquel sitio tan hermoso. Miró las columnas, los arcos, la escalera que llevaba a los baños de piedra, y los imaginó llenos de vida. Sonrió al pensar en el libertinaje que habría tenido lugar allí.

–Naciste en el siglo equivocado –murmuró como si hablase con su madre– porque entonces hubieras sido idolatrada. Siento tanto no poder quedarme para decirte adiós...

La luna empezaba a esconderse y pronto se haría de día, pero Bella sabía dónde iba. Por fin, salió del bosque y a lo lejos vio las luces de la gasolinera a las afueras del pueblo.

Su madre le había hablado de aquel sitio, al que iba si necesitaba dinero y no quería darle su parte a Malvolio.

El sol había salido cuando por fin llegó a la cabina, pero no fue Matteo quien respondió sino una mujer.

–¿Puedo hablar con Matteo Santini?

–No.... porque entonces tendría que dejar de hacer lo que está haciendo –la mujer estaba sin aliento.

Oyó la risa de Matteo entonces y cuando la mujer cortó a la comunicación quedó bien claro lo que estaban haciendo.

Bella volvió a llamar, pero nadie respondió y dejó caer los hombros mientras se apoyaba en la pared, sin saber qué hacer.

–¿Oiga?

Un hombre le preguntó si necesitaba algo.

–Estoy intentando ir a Roma.

–Yo voy a Messina.

–¿Ahora mismo?

–Sí.

–¿Podría llevarme?

–Claro.

Se dirigieron hacia un enorme camión, pero cuando Bella subió a la cabina se dio cuenta de que el hombre se había bajado la bragueta.

–Pero antes...

Bella estaba a punto de salir corriendo, pero entonces, por el espejo retrovisor, vio un coche rojo acercándose a la gasolinera.

Llevaba corriendo toda la noche y que Malvolio la encontrase cuando estaba a punto de escapar...

–Arranca –le dijo–. Pararemos un poco más adelante.

–¿Tienes prisa?

Bella podía ver a Malvolio entrando en la tienda, seguramente para preguntar si alguien la había visto, y se volvió para sonreír al camionero.

–Vamos. Te compensaré más tarde.

Y lo hizo.

Para su eterna vergüenza lo hizo.

Lo que había pasado entre ella y Matteo jamás la había avergonzado, pero entonces entendió lo que su madre había querido decir sobre el estigma.

Jamás se lo contaría a nadie, ni siquiera a Sophie, pero desde esa mañana se consideraba una prostituta.

Capítulo 11

¡SALUD!

A pesar de la hora, Bella y Sophie brindaron con champán mientras el avión las llevaba de vuelta a casa.

Luka estaba hablando por teléfono, Paulo en el dormitorio del avión y pronto Bella se escondería en la cabina de las azafatas para seguir haciendo el vestido de novia.

–¿Estás bien? –le preguntó Sophie. A pesar de su sonrisa, su amiga tenía los ojos hinchados.

–Lo estaré, no te preocupes.

–Luka me acaba de decir que Matteo no va a ir con Shandy.

–Me da igual –Bella se encogió de hombros–. No estoy disgustada por Matteo. Me siento mal porque había jurado que cuando volviese a casa lo haría para darle a mi madre una lápida decente.

Sabía que Malvolio se había encargado de que su madre tuviese un entierro de caridad.

–Yo tengo algo ahorrado, pero no sé si será suficiente. Me siento fatal por usar tu dinero...

Se habían gastado casi todo lo que tenían para que Sophie pudiese entrar en la oficina de Luka sintiéndose orgullosa, pero no quería que su amiga se sintiera culpable.

—No, por favor. Lo importante es traer a tu padre a casa por última vez. Al menos podemos hacerlo juntas, con champán y con Paulo vivo. Ha sido un dinero bien gastado.

Estaba sonriendo, pero Sophie la conocía bien.

—¿Matteo sigue pensando que tú....? —no terminó la frase, pero Bella sabía a qué se refería y asintió con la cabeza.

—No quiero que sepa lo que siento por él.

—¿Por qué?

—Porque no tiene sentido —Bella se encogió de hombros.

—¿Por Shandy?

«Por mí», le habría gustado decir, pero no lo hizo.

Sabía que Sophie no lo entendería. Después de todo, ella no sabía lo que había pasado durante el viaje de Sicilia a Roma. Era más fácil hacerse la dura delante de Matteo que contarle la verdad: que lo amaba. Después de lo que había hecho ese día no había futuro para ellos.

—Oye —Bella, siempre camaleónica, logró sonreír de oreja a oreja—. Si no va con Shandy tal vez podría ganar algo de dinero para la lápida de mi madre.

—¡Bella!

—¿Por qué no?

Si era sincera consigo misma, esperaba que Luka no dejase a Sophie plantada en el altar y no solo para ahorrarle la vergüenza a su amiga sino porque el padrino y la dama de honor tenían que bailar en el banquete y quería estar entre sus brazos otra vez antes de seguir adelante con su vida.

–Una noche sin ataduras.... –murmuró.

Pero después sacudió la cabeza. No, no podía hacerse eso a sí misma.

Además, las amargas lágrimas que había derramado la noche anterior le habían enseñado algo: quería un futuro mejor.

–Después de la boda, y después de haberle dado una lápida a mi madre, empezaré a ahorrar otra vez.

–¿Para qué?

–Para mí –respondió Bella–. Voy a pedir plaza en todas las escuelas de diseño y si eso no funciona abriré un negocio de costura. Voy a ser alguien. Voy a hacer del apellido Gatti algo que quieran tener todas las mujeres en su armario... y no lo que todos los hombres quieren en el dormitorio.

Después de decir eso se levantó para seguir cosiendo botones en el vestido de novia de Sophie.

Cuando llegasen a su destino quitaría el papel de seda, le daría los toques finales y luego lo lavaría mano. Bella no era modesta sobre su habilidad con hilo y aguja. Sabía que era buena y el vestido había quedado precioso.

Sophie iba a ser la novia más bella de Sicilia.

Bordo del Cielo estaba cargado de recuerdos, algunos dolorosos y algunos otros preciosos, inolvidables. Mientras iban hacia la casa de Paulo sus ojos se llenaron de lágrimas. Guardaba tanto amor en su corazón por la tierra que echaba de menos cada día.

El mar, la carretera por la que había escapado y, en un recodo, el pequeño mirador donde los turistas hacían fotografías del bosque, sin ver el camino escondido que llevaba a los baños árabes. Todo aquello formaba parte de su vida.

Cuando el hotel apareció a lo lejos Bella no recordó las horas que había trabajado en el bar sino la noche que había hecho el amor con Matteo.

Solo desde la playa podría ver la ventana de la habitación, pero alargó el cuello para intentar localizarla porque había encontrado allí el amor verdadero.

Incluso el aire olía mejor, pensó mientras salían del coche para entrar en la vieja casa de Paulo.

—Tenemos que ir a nuestra playa secreta —dijo Bella, tan emocionada como una niña en vacaciones. Pero Sophie tenía que atender a su padre porque el viaje, aunque emocionante, lo había dejado agotado.

Luka comentó que iba al hotel y Bella aguzó el oído cuando dijo que había quedado con Matteo.

De modo que ya estaba allí.

Después de ducharse, se puso una falda negra corta y una bonita camiseta ajustada y se maquilló con cuidado.

—Está muy guapa —comentó Sophie, burlona.

—Gracias, pero no es para Matteo. Voy a dar un paseo. Quiero ver mi antigua casa, aunque haya otras personas viviendo allí.

Pero cuando llegó a su casa no había nadie. Los

tiestos que su madre había atendido con tanto cariño estaban llenos de malas hierbas y las ventanas
cubiertas de tanto polvo que tuvo que limpiar un
cristal con la mano para ver el interior.

Pero, aunque los muebles estaban cubiertos con
telas blancas, parecía como si nadie hubiese tocado
nada. No tenía sentido porque sabía que el precio
de las propiedades había subido como la espuma
desde la muerte de Malvolio. Bordo del Cielo era
un destino turístico, pero su casa estaba como la
dejó cinco años atrás.

No tenía sentido.

Cuando volvió a casa de Paulo encontró una
nota de Sophie diciendo que había ido al cementerio, de modo que tenía la casa para ella sola durante
un rato.

Quitó el papel de seda del vestido y usó la antigua máquina de coser de Rosa para dar los últimos
toques. Unos minutos después, cuando se abrió la
puerta, lo guardó en una bolsa porque quería que el
vestido fuera una sorpresa para Sophie.

–¿Vas a dar otro paseo? – le preguntó su amiga.

–Quién sabe a quién podría encontrarme –bromeó Bella.

Siempre hacía lo posible para encontrar el lado
bueno de las cosas, aunque le pesara el corazón.
Pero aquel día no le pesaba.

Estaba empezando a curar.

Bella volvió a su casa y consiguió abrir la puerta
de la cocina, un poco encajada. Por fin estaba de
vuelta.

Recordaba el terror que había sentido antes de marcharse... un terror que la había perseguido durante todos esos años, pero que empezaba a esfumarse en ese momento.

Decidida, se puso a trabajar. Quitó las telas de los muebles, limpió las ventanas para que entrase el sol y los suelos de los que su madre siempre había estado tan orgullosa.

Después sacó el vestido de color avellana del armario y se lo probó. Aún le quedaba bien.

Más tarde lavó el vestido de Sophie con cuidado, lo colocó al sol sobre una toalla y se puso a limpiar el jardín.

Arrancó las malas hierbas para que las flores que tanto gustaban a su madre pudiesen respirar e hizo un ramito con ellas para llevarlas al cementerio.

Con cinco años de retraso, se arrodilló frente a la tumba y lo que vio hizo que sus ojos se llenasen de lágrimas.

Sí, María había tenido un entierro muy pobre, pero había una cruz de madera con su nombre... y flores, algunas nuevas, otras ya marchitas.

Muchos habían querido a su madre en Bordo del Cielo. Y no la habían olvidado.

Capítulo 12

LLEGÓ el día de la boda y Matteo iba paseando con Luka por la orilla del mar. Seguían llevando los trajes que habían llevado por la noche. Habían bebido demasiado, habían recordado demasiado y, mientras paseaban para sacudirse la borrachera, Matteo creyó estar viendo visiones.

Allí estaba Bella, con un vestido ligero, el pelo suelto y flotando al viento. Era una visión, desde luego.

–Hola –la saludó Luka.

–Si vas a casarte con mi amiga espero que te afeites, y si tú vas a ser el padrino –le dijo a Matteo– sugiero que hagas lo mismo.

–¿Cómo está Sophie? –le preguntó Luka.

–Bien. Y estará bien pase lo que pase, pero dudo que tú puedas decir lo mismo.

–No te entiendo.

–Yo quiero a mi amiga y no imagino mi vida sin ella, pero dime cómo será la tuya a partir de mañana.

Luka la miró, tragando saliva.

–¿Está en casa?

–Está en la playa –Bella, furiosa con Luka por lo que estaba a punto de hacer, se dio la vuelta.

No se volvió cuando oyó pasos tras ella, pero Matteo la tomó por la muñeca.

Y no era rechazo lo que veía en sus ojos sino ira; una ira que desató en ese momento.

–¡Te di una oportunidad! –gritó–. Entiendo que tu madre estaba enferma, pero te dejé dinero...

Bella soltó su mano y siguió caminando mientras hablaba:

–Gina se llevó su parte, Malvolio la suya y lo que quedó.... –se encogió de hombros– estuve tres meses comiendo en el hospital y comprando las cosas que necesitaba mi madre. ¿Quieres que te haga una lista?

–Solo tenías que llamarme.

–No me dejaste tu número.

–Podrías haber llamado a Luka.

–Sí, claro, podría haber buscado su dirección en mi portátil o haberle llamado por el móvil... ah, espera, que no tenía ninguna de esas cosas. Además, nos habían cortado el teléfono. Pero te llamé, Matteo. El día que murió mi madre conseguí tu número y corrí por el bosque para escapar de aquí, pero estabas ocupado –lo miró a los ojos–. ¿La querías?

–¿A quién?

–A la mujer con la que estabas esa noche, la que respondió al teléfono.

–No recuerdo quién era. No recuerdo a ninguna de ellas.

–Exàctamente. Te querían por tu dinero, así que dime: ¿quién es la verdadera prostituta?

Matteo no respondió.

–¿No se te ocurrió llamarme? –le preguntó Bella.

–Llamé a tu casa una y otra vez, pero no lograba localizarte, por eso llamé a Dino.

Y ambos sabían lo que Dino le había contado.

–Luka está hablando con Sophie –dijo Matteo. Le gustaría sugerir que hicieran lo mismo, pero Bella estaba demasiado enfadada.

–¿Cómo va el hotel?

Desde allí podía ver la ventana de la habitación que habían compartido esa noche.

–Bien.

–Mejor que Shandy no esté aquí, sería una decepción después del Fiscella.

–Para mí no –respondió él–. Estoy en la misma habitación. Nada ha cambiado.

–Ah, muy bien, ¿a qué hora quieres que vaya?

–¡Bella! No lo he dicho por eso. Quiero decir que estoy en la misma habitación....

No sabía cómo decirle que los recuerdos lo mataban y que era una agonía estar de vuelta allí, sin ella.

–¿Quieres que me ponga un uniforme de doncella francesa? Ya que tu prometida no ha venido podríamos jugar un rato....

–Sí.

La tendría de nuevo, vaciaría su cartera por ella, haría cualquier cosa para recuperar esa noche.

Sin pensar, la tomó entre sus brazos para besarla; un beso duro, fiero. Bella estaba retándolo, convencida de que no la deseaba como la había deseado una vez.

Pero así era.

En sus ojos había lágrimas de sorpresa mientras le devolvía el beso, recuperando el sabor que tanto había anhelado, rindiéndose. Pero consiguió apartarse para decirle la verdad:

–No puedo permitírmelo.

Porque si lo hiciera perdería su alma para siempre.

Matteo volvió a la habitación y se tumbó en la cama, mirando el ventilador del techo. Cinco años atrás le había parecido lujosa.

Ya no, pero el recuerdo seguía siéndolo.

Durante esos cinco años había cumplido la promesa que se había hecho a sí mismo. Había dejado atrás el pasado y se había forjado una reputación en el mundo de los negocios... una reputación que podría afectar a Bella.

Pensó en el jeque con el que iba a reunirse para hablar de la construcción de una cadena de hoteles y lo difícil que sería presentarla como su esposa si su pasado apareciese en los titulares de las revistas...

Tenía que irse de allí. No era posible mantener la cabeza fría con ella tan cerca.

Matteo seguía en la cama, en una celda llamada Bella, cuando Luka lo llamó.

–Mira, sobre la boda. No quiero que me des una charla, pero Sophie y yo...

–No quiero saberlo.

No quería saber que su amigo había decidido seguir adelante con la boda, no quería saber que debía bailar con Bella esa noche.

Quería irse de allí cuanto antes. Quería que un helicóptero lo sacara de Bordo del Cielo y volver al refugio que había creado, donde las mujeres iban y venían sin dejar huella.

Pero unas horas más tarde estaba en una iglesia abarrotada. Todo el pueblo estaba allí, los pecados del pasado olvidados.

Matteo no se fijó en la novia sino en la dama de honor. Bella llevaba un vestido de color avellana, sin duda el que había llevado a la fiesta de Natalia la noche que él no apareció, que resaltaba su esbelta figura y el verde de sus ojos.

Sí, Bella sabía cómo vestir a una señora y ese día ella lo era.

Bella le ofreció una sonrisa y luego se concentró en la ceremonia, intentando no llorar porque aunque querría a su amiga para siempre y no la envidiaba, sentía un dolor profundo, una extraña soledad al ver que Sophie había encontrado el amor.

De repente sintió que se quedaba atrás. Sola.

Pero con su orgullo, se recordó a sí misma.

Fue una boda preciosa, pero no era la suya.

Bella y Matteo salieron con la feliz pareja a la calle, donde los esperaban docenas de personas para tirarles arroz.

Todo el pueblo estaba celebrando la boda y cuando se encendieron las lucecitas con las que habían adornado los olivos y la orquesta empezó a tocar, no tuvieron más remedio que abrazarse mientras bailaban.

Era una crueldad. Era una delicia. Era igual, olía igual, le parecía como si hubiera vuelto atrás en el tiempo.

—Siento mucho haberte ofendido esta mañana —murmuró Matteo.

—También has ofendido a tu prometida. No me cae bien, pero no me gustan los hombres que engañan a las mujeres. Pensaba que tú no serías así.

No era así y le importaba lo suficiente como para decírselo.

—Shandy y yo hemos roto... rompí con ella diez minutos después de que te despidieran.

—No te creo. Solo lo dices para que vaya al hotel esta noche.

—No, lo digo porque esta mañana no estaba intentando engañarte sino hacerte ver cuánto te deseo, cuánto he pensado en ti. No he dejado de hacerlo, Bella.

—¿Y no pensabas decírmelo?

Matteo rompió entonces el último pedazo de su corazón.

—Me voy a Roma después de este baile —y por su tono firme supo que lo decía en serio—. He contratado un helicóptero...

—Pero eres el padrino.

—Lo sé, pero tengo que irme. Tengo que pensar y no puedo hacerlo contigo a mi lado.

No podía pensar porque estaba excitado. Si se quedaba, si había un baile más, se la llevaría al hotel y esa noche necesitaba ser el mejor hombre posible.

Por Bella y por él mismo.

Le dio un beso en la mejilla y la abrazó un momento para oler su pelo. Luego Bella lo vio despedirse de los novios antes de alejarse por el camino, vio las luces del helicóptero mientras se quedaba sola...

Con su orgullo intacto, aunque no era un gran consuelo.

Capítulo 13

BELLA no era una urraca, no le gustaban las cosas caras para ella sino para sus seres queridos. Pero esa noche su deseo era egoísta.

–Sophie...

Su amiga parecía más feliz que nunca. Estaba claro que la boda no había sido una farsa y no podía disimular su felicidad.

–Dime.

–Voy a ser la peor dama de honor de la historia, pero tengo que irme.

–¿Vas a buscar al padrino?

–Sé que nunca se casará conmigo, pero... –no terminó la frase. No tenía que explicarle a su amiga que durante esos cinco años había tenido que luchar contra el recuerdo de Matteo.

Bella solo quería una noche más, una que jamás olvidaría.

–Ve –dijo Sophie–. ¿Necesitas un coche?

–No, le he pedido a Pino que me lleve.

Antes de reunirse con Pino pasó un momento por la tumba de su madre, en la que los vecinos seguían dejando flores.

–Te quiero, mamá. Te quiero tanto que algún día volveré para poner la lápida que mereces, pero ahora tengo que irme. Voy a gastarme en mí misma el dinero que he ahorrado. Voy a ser alguien.

Pino, el mensajero del pueblo que había enderezado su vida tras la muerte de Malvolio, la llevó al aeropuerto. Era liberador recorrer la carretera con el mar a un lado y el bosque que la había salvado al otro. Por fin era libre para tomar sus propias decisiones, fueran o no sensatas.

Tomó el último vuelo y estaba de vuelta en su apartamento unas horas después, pero mientras se duchaba recordó que debía estar de vuelta en el hotel a las seis para empezar con los desayunos.

Con todo lo que había pasado en los últimos días había olvidado cambiar su turno con alguna compañera.

Sin maquillaje, con el uniforme verde y los zapatos planos salió del apartamento. Podría lamentarlo al día siguiente, pero en ese momento se guiaba por el corazón.

Y Matteo se guiaba por el suyo.

Cuando llegó a Roma la abarrotada ciudad le parecía desierta, pero después de unas horas sin Bella su cabeza estaba completamente despejada.

Había tomado una decisión y allí, frente a la Fontana de Trevi, sacó una moneda del bolsillo y la lanzó al agua.

Volvería y lo haría con ella a su lado.

Pero para eso tenía muchas cosas que organizar. Una vez en el hotel hizo las necesarias llamadas y luego se quedó profundamente dormido.

Capítulo 14

BELLA entró en el hotel por la puerta de servicio, pero en lugar de dirigirse a la cocina, donde empezaría su turno poco después, tomó el ascensor para ir a la última planta.

Mientras sacaba la tarjeta magnética se prometió a sí misma no tirarle un cubo de agua helada si no estaba solo. Si era así, sencillamente se daría la vuelta.

Pero Matteo estaba solo.

Lo supo en cuanto lo vio tumbado en la cama dormido boca arriba, con la sábana cubriéndolo hasta la cintura. Era menos cuidadoso con su ropa que antaño porque estaba todo tirado por el suelo, junto con un par de toallas.

Lo miró, suspirando. Un brazo sobre la cabeza, la otra mano sobre el estómago plano...

Bella se acercó despacio. Le gustaría despertarlo con un beso, pero sus dedos eran demasiado impacientes como para esperar instrucciones y se posaron sobre uno de sus hombros.

Su piel era tan suave como antes y pasó la mano por su brazo como para comprobar que era real.

Matteo intentaba no despertar. En su sueño, ella estaba allí. Podía oler su perfume, sentir el roce de sus dedos, intuir la perfección que conocían sus sentidos.

Dejando escapar un suspiro movió la mano un poco más abajo, pero se encontró con otra mano.

Bella inclinó la cabeza para besarlo; un beso suave, pero pecador, cargado de seducción.

Él abrió los labios, sorprendido, y ella aprovechó para introducir la lengua en un beso apasionado.

Sin decir nada, se colocó sobre él y Matteo, sin abrir los ojos, agarró sus caderas para guiarla.

—¿Estoy soñando? —musitó entre besos.

—Puede que estemos soñando los dos.

Matteo tiró del lazo del delantal y luego, con manos inquietas, desabrochó los botones del uniforme para acariciar sus pechos desnudos.

Suspirando, Bella se sentó sobre sus muslos para acariciar la impresionante erección. Era tan maravilloso tocarlo una y otra vez...

—¿Cómo me deseas?

—Exactamente como eres —respondió él, mientras levantaba la falda del uniforme.

Bella no entendió bien lo que quería decir, pero le gustó y empujó hacia abajo las caderas para sentirlo entre sus muslos.

Matteo, suspirando de felicidad por volver a ser su amante, tiró bruscamente del uniforme para quitárselo. Quería verla, quería acariciar cada centímetro de su piel desnuda.

—Cuidado —le advirtió ella—. Tengo que trabajar...

A pesar de la advertencia, Matteo lo rasgó en su ansia de quitárselo.

Que hubiera ido a Roma a buscarlo, que lo abrazase en lo que ella creía un último momento de depravación, hizo que Matteo besara con pasión al único amor que había tenido en su vida.

Mientras rodaban por el colchón ella enredó los talones en su cintura. Sus bocas eran brutales, las caricias enfebrecidas. Y en ese momento a Bella no le importaba nada más.

–¿Te fuiste de la boda para estar conmigo?

Ella asintió.

–En cuanto te fuiste supe que había cometido un error. Nunca he lamentado la noche que estuvimos juntos, es el tiempo que hemos estado separados lo que me duele. Sé que esto no puede ir a ningún sitio...

–No lo sabes.

–Sí lo sé. Recuerdo lo que dijiste aquel día: una vez asesino y siempre serás un asesino. Una vez fulana...

–Bella –la interrumpió él–. Dije eso cuando vivía en el mundo en blanco y negro de Malvolio. Nos criamos con esas ideas, pero hemos crecido.

–Pero eran ciertas –insistió ella antes de contarle la historia de sus padres. Él la miró con asombro al descubrir lo que había hecho para sobrevivir.

–¿Te he mirado yo alguna vez con rechazo?

–No, pero no sabes lo que hice cuando intentaba llegar a Roma.

–Cuéntamelo.

–No puedo.

–Debes hacerlo –dijo él. Y no porque quisiera conocer los detalles obscenos sino porque no lo entendía. Bella había flirteado con él con gran soltura, pero estaba empezando a entender que esa faceta de su personalidad era exclusivamente para él... y podía sentir su vergüenza, su dolor por lo que había pasado–. Puedes contarme cualquier cosa.

Ella lo miró a los ojos y vio que en ellos no había rechazo sino rabia.

–Nunca se lo he contado a nadie.

–Pues hazlo.

Bella asintió porque ese secreto la ahogaba.

Le contó que había intentado localizarlo, que corrió por el bosque hasta llegar a la gasolinera...

–Estaba empezando a pensar que lo había conseguido. Te llamé, pero respondió una mujer y cuando volví a llamar nadie contestó. Un hombre se ofreció a llevarme hasta Messina y pensé que solo estaba siendo amable, pero cuando subí al camión... –Bella hizo una mueca de angustia.

–¿Te forzó?

–No –esa era la parte que la avergonzaba–. Iba a salir corriendo, pero entonces vi el coche de Malvolio...

Matteo sabía mejor que nadie el miedo que habría sentido en ese momento.

–Lo vi salir del coche –dijo Bella con los ojos llenos de lágrimas–. Si me hubiera visto, me habría obligado a volver o algo peor. Así que le dije al hombre que arrancase, que pararíamos más adelante y luego...

–¿Y luego que pasó?

Pensaba que habían sido muchos hombres, pero solo había sido uno y era aún peor porque notaba cuánto la había angustiado.

–Y entonces... –Bella hizo un gesto lascivo con la mano y Matteo tragó saliva, pensando en lo sola, insegura y asustada que debía haberse sentido en ese momento.

–Yo también lo hubiera hecho.

–Por favor... –Bella intentó sonreír, pensando que lo decía de broma.

–Si hubiera estado en esa situación, yo le habría hecho a ese canalla lo que fuera para que me sacara de allí. Siento que tuvieras que pasar por eso, pero estoy orgulloso de lo que hiciste.

Nunca, ni en sus mejores sueños hubiera imaginado Bella que Matteo se sentiría orgulloso de ella por lo que hizo.

–¿De verdad?

–Me siento orgulloso de que escaparas de allí.

–Gracias –Bella intentaba sonreír, incrédula.

–¿Y después de Messina?

–Conseguí que me parase otro coche y me llevó hasta Roma. Aunque estaba asustada, el hombre era muy agradable. Me invitó a un café y me habló de su familia, pero ese otro... –Bella hizo una mueca–. Fueron los dos peores minutos de mi vida.

–¡Dos minutos!

–Mi madre me enseñó algunos trucos del oficio. Me contó lo que había que decir cuando querías que terminasen pronto.

–¿Y qué es?

Bella se puso tan colorada que podía sentir el calor de sus mejillas cuando se inclinó para hablarle al oído...

La reacción de Matteo, una sonora carcajada, fue totalmente inesperada para ella.

–Ahora lo entiendo.

–Fue horrible...

–Lo sé, pero lo has superado y estás aquí –Matteo tomó su mano para besarla, limpiándola con ese beso.

Abrazado a ella, le contó las cosas terribles que él había hecho... el motivo de la cicatriz y cómo había merecido ese cuchillo. Y luego le contó el recuerdo que seguía persiguiéndolo... verla entrando en el dormitorio esa mañana con el cardenal que había hecho en su mejilla.

–Me salvaste del infierno esa noche –Bella tomó su mano y borró con sus besos la vergüenza que lo perseguía.

Pero entonces llamaron a la puerta y ella lanzó un grito al ver la ahora que era.

–Tengo que servir los desayunos –iba a saltar de la cama, pero él la detuvo.

–El desayuno está aquí. Esperemos que la camarera no sea tan torpe como una que yo recuerdo.

–Tengo que esconderme.

–No, quédate. No tienes que volver a esconderte.

Bella se quedó allí, cubierta por la sábana, mientras Alfeo entraba en la habitación.

El gerente vaciló solo durante un segundo antes de saludar a su más estimado cliente.

–*Buongiorno, signor Santini* –luego miró a Bella–. *Signorina.*

Ella no sabía qué decir.

Tal vez suponiendo que tenía una invitada, Alfeo había llevado dos servicios de desayuno y, mientras servía los cafés, le dijo a Matteo que el helicóptero estaría listo en media hora como había pedido y luego, para alivio de Bella, salió de la habitación.

–Me acabo de quedar sin trabajo.

–No pasa nada, estás en la cama con el jefe –dijo Matteo.

–Pero tú tienes que irte.

–No, en realidad no. Bella, no se puede ir en helicóptero a Dubái. Lo había alquilado para ir a Bordo del Cielo.

–¿Pensabas volver?

–Porque pensé que tú estarías allí. Cuando llegué a Roma me di cuenta de que había cometido un error.... y he cometido tantos errores, Bella. Ayer quería decirte que te amaba, pero esperé demasiado –se inclinó para sacar de la mesilla una cajita con el logo de la famosa joyería del hotel–. Los he despertado esta madrugada. Pensaba volver a Bordo del Cielo para pedirte que fueras mi mujer.

Bella tragó saliva mientras le ponía el anillo en el dedo.

–¿Y si la prensa descubriese mi pasado?

–Si alguien dice algo de ti, tendrá que responder ante mí –respondió Matteo, mirándola directamente a los ojos.

–¿Y mi madre?

–¿Estás orgullosa de ella?

–Sí.

–Entonces nadie puede tocarte.

Bella se quedó admirando el anillo mientras Matteo llamaba para cancelar el helicóptero y para que se llevaran la bandeja del desayuno. Se quedaron todo el día en la cama, pero cuando tomó el periódico algo llamó su atención y recordó las palabras de Bella.

«Solo haría falta que una mujer guapa llevase uno de mis vestidos para que saliera en las revistas».

Y allí estaba Sophie el día de su boda. A pesar de haber sido una ceremonia discreta, la foto había llegado a la prensa. Era noticia que el hijo de Malvolio Cavaliere se hubiera casado con la hija de su matón, pero Matteo pensó que todo eso era ya historia, pasado. Estaba más interesado en el futuro, así que leyó en voz alta la parte que interesaría a Bella.

–La novia llevaba un precioso vestido de seda salvaje de Gatti, una nueva diseñadora que tiene su estudio en Roma.

Se volvió con una sonrisa cuando Bella estaba a punto de caerse de la cama.

–Lo has conseguido sola.

Lo había conseguido sola, pensó Bella, pero compartiría el futuro con él.

Epílogo

BELLA estaba en la casa en la que una vez había vivido con su madre y que desde ese momento era suya. Luka la había puesto a su nombre para reparar el daño que había hecho su padre.

Estaba exactamente igual que cuando se marchó, como la casa de Paulo y otras propiedades, que nadie había tocado desde la muerte de Malvolio.

–El vestido es maravillo –dijo Sophie–. Aunque te van a odiar todos los diseñadores de calzado.

Con un discreto escote en pico, estaba hecho con el más delicado encaje siciliano y se ajustaba a su esbelta figura. Dado lo intrincado de la tela, Bella había decidido que no le hacía falta nada más.

Ni maquillaje, ni perfume, ni zapatos, solo el vestido de encaje de Sicilia, flores del jardín de su madre y la sonrisa de Sophie.

Por la tarde fueron al cementerio para visitar la tumba de su madre, que ya contaba con la lápida que le había prometido.

Muchos vecinos dejaban flores y ella sonreía al recordar que la mitad de los hombres del pueblo habían sido sus amantes.

Rosas entre las espinas.

–Estoy feliz, mamá –murmuró–. Matteo es un hombre maravilloso y pronto empezaremos una nueva vida en Londres.

Y en Roma. O tal vez en Dubái.

Su negocio empezaba a crecer, en Europa y fuera de ella, y con las impresionantes inversiones de Matteo, dónde vivieran no era importante.

–La prensa ya no me da miedo –dijo Bella, haciéndose la valiente.

Una revista había publicado un artículo sobre el pasado menesteroso de Bella Gatti, que era hija de madre soltera. Se le había encogido el estómago al leerlo, pero estaba orgullosa de su madre y eso era lo único importante.

Dejó sobre la lápida unas cuantas flores del ramo de novia y luego volvió al coche que las llevó al mirador. A partir de ahí fueron a pie por un camino que solo conocía la gente del pueblo. Podía sentir el musgo bajo los pies descalzos y sonrió al ver los árboles adornados con lucecitas para señalar el camino. Y entonces, como si de un oasis se tratase, llegaron a su destino: los antiguos baños árabes que tanto amaba.

Los árboles y las columnas también estaban adornados con lucecitas y todo el pueblo esperaba la llegada de la novia. Los antiguos baños estaban llenos de vida otra vez.

Luka, el padrino, estaba al lado de Matteo, más apuesto que nunca con un traje oscuro y una corbata del mismo verde musgo que sus ojos. No había padrino para ella, pero no le hacía falta porque corrió, más que dispuesta, a su lado.

–Pareces como salida de un sueño –murmuró Matteo.

Siempre estaba en los suyos.

Mientras hacían las promesas de matrimonio, antes de poner la alianza en su dedo, Matteo levantó su mano para besarla tiernamente y ella hizo lo mismo.

Solo ellos sabían lo que significaba.

Perdonaban el pasado mientras abrazaban el futuro. Habían tenido tanto en contra y, sin embargo, el amor había ganado.

Fue una fiesta maravillosa en el sitio más bonito del mundo, y mientras bailaba con Matteo a la luz de la luna, sabiendo que por fin estaban juntos, Bella se sentía la persona más afortunada del mundo y así se lo dijo.

–La segunda más afortunada –respondió él.

Cuando llegó el momento de las despedidas, Bella abrazó a su amiga.

–Es hora de ser feliz –susurró Sophie.

–Para ti también.

En unos días estarían de nuevo sentadas en su playa secreta y se lo contarían todo, como habían hecho desde pequeñas.

Pero esa noche era solo para Matteo y para ella.

Nadie entendía por qué con helicópteros y aviones a su disposición, Matteo había insistido en pasar la noche de bodas en el hotel Brezza Oceana. Y, desde luego, los empleados no entendían por qué

Matteo Santini no había pedido la mejor suite y, además, había encargado una botella de vino barato en lugar de una botella de champán francés.

En esa ocasión, Bella entró en la habitación riendo, feliz. Matteo abrió las ventanas antes de poner música y bailaron como lo habían hecho cinco años antes.

—Tengo un regalo para ti —Bella tomó el bolso y sacó una prueba de embarazo—. Se me olvidó una cosa cuando fui a tu habitación la última vez.

Matteo miró la barrita durante largo rato y luego la miró a ella.

—Y yo me alegro mucho de que así fuera.

—¿Sorprendido?

—No, feliz. Jamás pensé que tendría una familia... —empezó a decir. Y, de repente, tenía una esposa y la noticia de que iba a ser padre—. Descalza y embarazada —bromeó, mirando sus pies desnudos—. Necesitas un baño.

—Es verdad.

—Voy a llenar la bañera mientras tú abres tu regalo.

Había un sobre encima de la cama y, mientras Matteo preparaba el baño, Bella lo abrió y leyó la nota que había en el interior.

Se quedó sentada en la cama durante lo que le parecieron horas, mirando por la ventana y preguntándose cómo podía ser tan afortunada y feliz, tan profundamente enamorada y, sobre todo, amada.

Cuando Matteo la llamó entró en el baño y lo miró con cara de sorpresa.

–¿Has comprado este hotel?

–Hemos comprado este hotel, tú y yo –la corrigió él–. No es parte del negocio que tengo con Luka.

–¿Pero por qué?

–Los momentos más felices de mi vida los pasé aquí, contigo. Con una reforma y una gerencia mejor podríamos convertir este hotel en una joya. La gente se alegrará porque así habrá menos turistas, pero más ricos y... la gente de Bordo del Cielo cuidará de ti, estoy seguro.

Que fuese tan considerado la emocionó.

–Nuestro hijo nacerá aquí.

–Y crecerá aquí. Aunque con tu trabajo y el mío tendremos que viajar mucho, he pensado que estaría bien tener nuestra casa en Bordo del Cielo.

Era más que bonito, pensó Bella. La había llevado de vuelta a casa.

En aquella ocasión era Matteo quien estaba en el baño mientras ella se desnudaba. Se deshizo del vestido, el sujetador y las bragas mientras Matteo la miraba. Sin zapatos, ni medias, ni liguero, se quedó desnuda ante él solo con una sonrisa.

–Todos los novios del mundo van a agradecer tus diseños.

–Le diré a las novias que tienen que pensar en quitarse el vestido, no solo en ponérselo.

Estaba temblando cuando se reunió con él en la bañera. Estar allí con Matteo, como su mujer, era la perfecta noche de bodas para Bella.

Los recuerdos los envolvían tanto como el vapor del baño; recuerdos sensuales de cinco años atrás y del tiempo que estaba por llegar.

Bella enredó las piernas en su cintura y Matteo la sujetó mientras, mirándola a los ojos, la tomaba por primera vez ya como su esposa.

Fue un encuentro dulce, profundo y mucho más intenso que nunca.

Bella recordaba el anhelo que habían sentido en Roma, tumbados en la hierba, a cierta distancia el uno del otro mientras se hacían el amor con los ojos.

Matteo sonrió al recordar cuando le tiró el cubo de agua fría en el hotel Fiscella.

Le dolían los hombros, pero Bella no quería moverse para no dejar de mirarlo a los ojos.

—Te querré para siempre —susurró Matteo.

Y ella se inclinó hacia delante para apoyar la cabeza en su hombro mientras empezaba a sentir el cosquilleo del orgasmo.

El agua de la bañera apenas se movió cuando bajo el agua tenía lugar una tormenta de profundo placer.

Matteo echó la cabeza hacia atrás para mirarla.

—Ven a la cama conmigo esta noche y sé mi amante durante el resto de nuestras vidas.

Como había hecho cinco años antes, la llevó en brazos a la cama. En aquella ocasión las ventanas estaban abiertas y el sonido del mar parecía anunciar su amor.

Sí, era una vista para morir o para matar por ella.

Había pagado por una amante, pero se marcharía de allí con una esposa

El millonario griego Damon Latousakis necesitaba una amante y había elegido a la mujer a la que había desterrado de su vida hacía cuatro años... Quizá no confiara en ella, pero tampoco podía resistirse a sus encantos. Charlotte Woodruff no había podido olvidar lo que había sentido por Damon y cuánto había sufrido cuando él la había acusado injustamente. Pero ahora no podría decir que era inocente después de haber mantenido en secreto a la hija de ambos... Fue entonces cuando Damon descubrió que la pequeña de Charlotte era hija suya y empezó a exigir algo más...

PASADO AMARGO
MELANIE MILBURNE

Acepte 2 de nuestras mejores novelas de amor GRATIS

¡Y reciba un regalo sorpresa!

Oferta especial de tiempo limitado

Rellene el cupón y envíelo a

Harlequin Reader Service®
3010 Walden Ave.
P.O. Box 1867
Buffalo, N.Y. 14240-1867

¡Sí! Por favor, envíenme 2 novelas de amor de Harlequin (1 Bianca® y 1 Deseo®) gratis, más el regalo sorpresa. Luego remítanme 4 novelas nuevas todos los meses, las cuales recibiré mucho antes de que aparezcan en librerías, y factúrenme al bajo precio de $3,24 cada una, más $0,25 por envío e impuesto de ventas, si corresponde*. Este es el precio total, y es un ahorro de casi el 20% sobre el precio de portada. !Una oferta excelente! Entiendo que el hecho de aceptar estos libros y el regalo no me obliga en forma alguna a la compra de libros adicionales. Y también que puedo devolver cualquier envío y cancelar en cualquier momento. Aún si decido no comprar ningún otro libro de Harlequin, los 2 libros gratis y el regalo sorpresa son míos para siempre.

416 LBN DU7N

Nombre y apellido	(Por favor, letra de molde)

Dirección	Apartamento No.

Ciudad	Estado	Zona postal

Esta oferta se limita a un pedido por hogar y no está disponible para los subscriptores actuales de Deseo® y Bianca®.
*Los términos y precios quedan sujetos a cambios sin aviso previo.
Impuestos de ventas aplican en N.Y.

SPN-03

©2003 Harlequin Enterprises Limited

Emparejada con su rival
Kat Cantrell

Elise Arundel no iba a permitir que Dax Wakefield desprestigiara el exitoso negocio con el que emparejaba almas gemelas. El poderoso magnate dudaba de ella y estaba decidido a demostrar que todo era un fraude. Por ello, Elise decidió encontrarle la pareja perfecta al guapo empresario. Sin embargo, cuando su infalible programa lo emparejó con ella, ¿qué otro remedio le quedaba a Elise sino dejarse llevar por la irrefrenable pasión que ardía entre ambos?

Se suponía que ella debía emparejarlo con otra mujer...

Bianca

Era una aventura imposible...

Tras la reciente muerte de su esposa, Jack Connolly estaba muerto por dentro. No fue en busca de otra mujer hasta que conoció a la recatada y bella Grace Spencer, quien provocó que sus sentidos recobraran la vida. Sin embargo, Jack no podía dejarse llevar por sus sentimientos, ya que Grace pertenecía a otro hombre.

Atrapada en una falsa relación para proteger a su familia, Grace sabía que si traspasaba el límite con Jack pondría en riesgo todo lo que apreciaba. Tras el deseo que había visto en la mirada de Jack, se escondía la promesa de algo más, pero ¿merecía la pena rendirse solo para probar una parte de lo prohibido?

UNA TENTACIÓN NO DESEADA
ANNE MATHER